꼴등하다 버클리 간 글로벌 노마드

YOU ARE AWESOME TODAY

꼴등하다 버클리 간
글로벌 노마드

유니스 배

북마크

내 맘대로 안 되는 삶을 위한 축배!

가끔 이런 생각을 한다. 내가 최고로 잘할 수 있고, 좋아하는 일을 알려주는 마술 거울은 없을까? 그러면 이런저런 고민하지 않고 그 일에 집중하며 즐겁게 살 수 있을 텐데⋯. 유감스럽게도, 그런 거울은 아직 없다.

오랜 시간 나의 가치를 찾아가는 여정에서 너무나 많은 상처를 받으며 살았다. 그야말로 '불신'으로 똘똘 뭉친 내 안의 수많은 미운 오리들과 하루에도 수없이 면담했다. 그들은 시간과 공간을 초월했고, 수시로 저 땅끝까지 무리 없이 나를 끌어내렸다.

하나를 처치하면 어느새 다른 녀석들이 빼꼼히 머리를 내밀었다. 정말로 끈질긴 녀석들이었다. 얼굴, 몸매, 능력, 주변 상황, 경제력, 자신감, 자존감 등 분야를 막론하고 등장했다. 이들과 함께 뒹구는 내 삶은 '메가 폭탄과 쓰나미'가 수시로 떨어지는 미친 광장이었다.

동양의 윤회론이든 서양의 욜로You Only Live Once든 이유를 불문하고 일단 세상에 태어났으면 행복하게 살고 싶은 것이 사람들이다. 그런데 문제는 그 조건과 기준이 천차만별이고 시도 때도 없이 바뀐다는 것이다. 자기가 갖고 싶은 것을 갖고, 이루고 싶은 것을 이루고, 세상이 제시한 말도 안 되는 행복의 기준을 맞춘다고 하더라도 환희의 순간은 잠시이다. 또 다른 시험에 빠져들고, 괴롭고, 헤맨다.

나는 전형적인 서민 가정에서 자랐다. 그리고 나의 의지와 상관없이 한국 사회가 요구하는 교육 환경에서 18년을 보냈다. 이것이 내 인생 초반 25년이다. 남들보다 잘하거나 잘난 것도 없이 살았던 너무나 평범하고 지루한 시간이었다. 도대체 학교생활이나 살면서 특별히 기억나는 일 하나 없이 그 긴 세월을 보냈다는 것이 믿어지지 않는다.

그 후에 살았던 25년은 끊임없이 뭔가를 시작하고, 저지르며 살았다. 대부분 주변의 응원 없이 해왔기에 내가 잘하는 것인지 늘 의심하고, 불안에 떨며 수많은 날을 보냈다. 혼자서 도저히 이길 수 없는 게임을 하며 깊이를 알 수 없는 늪에 빠져 헤매는 느낌이 들어도 그저 열심히만 살았다.

세기의 반을 넘기면서 비로소 한때 불안하고, 창피하고, 어려웠다고 생각한 인생의 수많은 상황을 돌아보게 되었다. 그리고 내 방식대로 소화하고 따뜻하게 끌어안을 여유가 생겼다. 잘못과 실수를 지적하기보다 그런 과정이 있었기에 현재의 내가 있다는 것에 감사하는 마음이었다. 아직도 시도 때도 없이 실수하고 원하지 않은 방향으로 끌려가기도 한다. 그래도 끊임없이 내 길을 가려고 안간힘을 쓴다. 그런 나를 보며 지금까지 잘했다고, 고맙다고 칭찬할 마음의 여유도 생겼다.

나처럼 헤매고, 불안하고, 괴로운 인생을 사는 젊은이들에게, '불안해도 괜찮아', '실패해도 괜찮아', '안 예뻐도 괜찮아', '어리바리해도 괜찮아'라는 말을 건네며 토닥여 주고 싶다. 내 인생은 왜 이렇게 되는 일이 없을까 생각하다가도, 그

미친 상황을 헤쳐가면서 얻은 경험과 지혜가 내 인생을 '유쾌한 반전'으로 이끌 마술의 열쇠가 될 수 있다는 얘기를 꼭 들려주고 싶다.

세상 누군가의 이야기도 될 수 있는 내 삶의 소소한 에피소드들!

나의 이야기를 듣는 이 순간에도 무엇을 어떻게 해야 할지 감이 잡히지 않는 이들이 있다. 내 맘대로 풀리지 않는 삶을 살고 있는 이들. 현재 가는 길이 마음에 들기는 하지만 도무지 불안한 이들도 있다. 그들에게 지금 있는 자리에서 조금만 더 용기를 내 씩씩하게 나가자고 손잡아 끌어주고 싶은 마음으로 이 책을 엮는다.

2024년 정초에 유니스 배

Special Thank You

아주 오랜 세월 동안 내가 좀 더 속상하고, 손해를 보는 것이 다른 이에게 상처를 주는 것보다 더 낫다는 생각에 사로잡혀서 살았다. 그런데 좀 살아보니, 그건 정말 오지랖이 넘치는 배려였다. 일부러 타인에게 피해를 줄 필요까지는 없지만 내가 받지 않아도 될 스트레스까지 자원해서 받을 필요는 없다. 하루하루를 살아낼수록, 나의 일분일초가 더 소중하다. 이 부분은 가족이라 해도 마찬가지이다. 세상이 점점 글로벌하게 변하는 상황에서 더 이상 핏줄을 따지고 연연할 것은 아니라는 생각이다. 가족이라는 의미는 정말 나를 잘 이해하고 생각해 주는 사람이지, 그저 한 핏줄을 타고 났다는 이유가 절대적인 것은 아니다.

남한테 받은 부정적인 기운을 희석하는데 내 소중한 시간을 더 이상 낭비하지 말자. 진정으로 괜찮은 사람을 만났다면, 그 관계를 이어가기 위해 최선을 다하자. 혹시 주변에 이상한 사람만 꼬이고 있다면, 본인 자신과 주변을 반드시 돌아보고 확인할 필요가 있다. 분명 내가 꼬인 마음으로 세상을 대하고 있을 가능성이 크기 때문이다. 가장 중요한 진리는 좋은 사람을 얻으려면 나 자신이 진실한 사람이 되어야 한다는 것이다.

내가 현재까지 존재하는 데 큰 영향을 주신 분들이 많지만, 특히 그중 정말 없어서는 안 될 세 사람에게 감사하고자 한다. 본인만의 독특한 철학과 자기 세계를 구축하고 있는 이분들이 아니었으면 난 아직도 유니스다움이 아닌, 다른 삶을 살고 있을 것이다.

Mother, 반세기의 삶 중 가장 큰 영향을 주신 분은 바로 우리 엄마이다. 태어나서 대학교 가기 전까지 20년을 같이 사는 동안 엄마의 철학과 라이프 스타일은 내 영혼 안까지 깊게 자리 잡았다. 만석꾼의 아들로 태어난 외할아버지 아래서 엄마는 그 어려운 시절에도 공주처럼 정말 풍족한 환경에서 자라셨다. 엄마가 태어나셨던 1940년대에 그 귀한 가족사진을 찍은 것만 봐도 정말 놀라운 일이다.

본인의 의지와는 상관없이 황금 수저를 물고 태어나신 외할아버지는 자신한테 아부하는 수많은 사람 속에서 그 큰

재산을 관리하지 못하고, 엄마가 고등학교 입학할 무렵에 모든 것을 잃게 되셨다. 그때부터 엄마의 인생도 엄청난 속도로 변했다. 흔히 바닥에서 위로 올라가는 삶은 살맛이 나지만, 하늘에 떠 있다 순간 고공 추락하는 삶은 정말 괴롭기 그지없다고 한다. 그런 어려움을 다 이겨 내고, 정말 평범한 회사원과 결혼하신 엄마의 삶을 생각하면 내가 더 답답할 때가 있다.

궁궐 같은 집에서 자란 엄마가 아궁이가 있는 단칸방에서 결혼 생활을 시작하셨을 때, 얼마나 힘들었을까? 비록 8남매의 만딸로서 망해가는 집안을 위해 본인 희생을 많이 하셨지만, 나한테만큼은 엄마가 누리지 못한 삶을 주고 싶으셨던 것 같다. 평범한 월급쟁이 아빠로서는 상상도 할 수 없는 일들을 딸에게 해주기 위해 엄마는 모든 자존심 냅다 던져버리고, 평생 해 보지 않은 여러 일들을 하며 정성을 다하셨다.

그런 엄마의 희생과 기도가 없었다면, 나는 지금 너무나 다른 곳에서 다른 삶을 살고 있을 것이 뻔하다. 어떤 상황에서든 초긍정의 마음과 좋은 습관, 건강한 마음을 가지도록 내 삶의 단단한 밑거름을 만들어 주신 분이 바로 우리 엄마다. 80이 넘으신 요즘에도 '나는 지금이 제일 행복해'라고 하시며 거의 매일 체육관으로 씩씩하게 운동하러 다니신다. 나도 노후에는 이런 할머니가 되었으면 좋겠다. 하느님이 부르는 그날까지 엄마가 아프지 않고 오늘처럼만 행복하게 사시기를 매일 기도한다.

Kathy Power, 같은 동양인도 아니라서 문화적으로 공감대가 있는 것도 아니다. 완전히 다른 환경에서 살아온 이분을 처음 만났을 때 느낀 점은, '참 따뜻하다'였다. 정말 '천사 같은 사람'이 세상에 존재한다는 생각을 해 본 적이 없었는데, Kathy를 만나면서 그 말을 믿기 시작했다. 2004년도에 시작된 우리의 인연은 Kathy가 하늘나라로 가기 전인 2020년 11월까지 꾸준히 아름답게 이어졌다. 라스베가스 호텔학교에서 그녀가 했던 Special Event 강의를 들었을 때, 나는 마치 자석에 이끌리는 것 같았다.

이분을 놓치면 내 인생이 콱 막힐 것 같은 생각에 수업이 끝나고 무조건 쫓아가서 부탁했다. 나는 이벤트를 공부하러 한국에서 온 학생이다. 나를 좀 인턴으로 써 주면 안 되겠냐고 부탁했다. 이런 뜻으로 말하긴 했는데, 당시에는 하도 떨어서 '어버버버' 했던 생각만 난다. 라스베가스 5성급 호텔의 파티 플래너, 훗날은 본인 회사를 열어 할리우드 주류 스타들과 큰 테크 회사들의 멋진 이벤트를 창조해 낸 분이 나의 영원한 멘토 Kathy Power이다.

Kathy는 정말 나의 직업뿐만 아니라, 인생 전반에 걸쳐 최고의 멘토 역할까지 해주셨다. 나는 Kathy와 함께 일하는 동안 그녀의 모든 형제들과 그들의 가족까지도 만날 수 있는 행운을 누렸고, 그녀는 단 한 번도 나를 직원으로 대한 적이 없었다. 나뿐만 아니라 그녀와 함께 일하는 모든 사람한테 그녀는 항상 따뜻했다. 본인의 이득보다 함께 일하는 사

람들을 더 챙기는 마음은 함께 일하는 사람들이 그녀의 말
에 무조건 충성하도록 하는 감동을 안겨주었다. 다른 사람
에 비해 더 큰 정성과 사랑으로 나를 대해준 Kathy이기에 나
는 그녀의 오른팔이 되었다.

유방으로 시작된 암이 뇌로 전이되고, 여러 번의 키모치
료와 수술에도 불구하고 결국 5년의 전쟁이 끝나갈 어느 겨
울에 Kathy는 우리 곁을 조용히 그리고 평온히 떠났다. 병마
와 싸우는 중에 본인은 갈 수 없으니 자기 대신에 엄마랑 좋
은 시간을 보내고 오라며 선물로 준 푸켓에서의 8일 동안에
나는 엄마와 평생 간직할 아름다운 추억을 만들 수 있었다.

Kathy의 죽음 6개월 후 우편으로 전달받은 그녀의 유언과 4,000달러의 체크는, 인연이 있는 모든 사람들을 한 명씩 생각하며 죽음을 준비한 그녀의 사랑을 강하게 느낄 수 있었다. 그동안 참고 참아왔던 그녀에 대한 그리움, 코로나 핑계로 더 많이 만나러 가지 못했던 것이 왜 그리 가슴이 아픈지. 한번 터진 눈물이 쉽게 멈추어지지 않았다.

비록 이 세상에서 나와 함께 숨쉬고 있지는 않지만 항상 바로 옆에서 나를 보호해 주고, 내가 길을 제대로 가도록 힘을 실어 주는 그녀에 대한 감사를 평생 잊을 수 없다. 내가 그녀에게 받은 사랑을 다시 돌려줄 수는 없지만, 나도 누군가에게 그녀 같은 존재가 되고 싶다. 그리고 그녀가 나에게 남겨준 돈은 힘든 상황에 있는 어린 소녀들을 돕고 싶어 했던 그녀의 꿈을 대신하기 위한 씨드 펀드로 잘 키우기로 했다. 언젠가는 반드시 그날이 오고, 그녀가 이 세상에 없어도 그녀의 꿈이 이루어질 수 있음을 증명하고 싶다.

Gloria Park, 세상에 태어날 때 전혀 상관없는 남으로 태어났다. 그럼에도 불구하고 가족 이상으로 무조건 사랑을 베풀어 준 사람이 바로 글로리아 언니이다. 전생의 인연이 반드시 있었을 것이라는 신념을 갖게 한 사람이다. 부모님

이 건강한 몸을 주셨다면 현재의 유니스가, 유니스 방식으로 당당하게 살 수 있도록 생명을 가득 불어넣어 준 사람이 바로 그녀이다. 수만 번도 넘게 나 자신을 의심하고, 모든 걸 포기하고 싶은 순간들을 잘 넘기게 해준 생명줄보다 더 중요한 영혼줄을 꼭 잡아준 사람이다.

여덟 살 때 온 가족이 미국으로 이민을 온 글로리아 언니는 정말 천재적인 비상함과 절대 존재의 맑은 영과 세상을 품을 따뜻한 마음을 가지고 있는 사람이다. 그녀는 하버드 대학에서 만난 세상에 둘도 없는 소중한 친구의 자살을 겪으면서, 세상의 아주 중요한 것들은 죽음으로 끝나지 않는다는 것을 깨닫게 되었다고 한다. 본인의 신념을 지키기 위해 목숨도 내놓을 만큼 용기를 냈던 친구는, 그때까지 부모와 사회가 원하는 방향으로 살아왔던 삶에서 벗어나 언니가 진정한 본인의 삶을 살 수 있도록 힘과 축복을 주었다고 한다.

소중한 자기의 인생을 결정할 때, 본인의 의견보다는 대부분이 타인의 의견에 더 귀를 기울인다. 내가 내 인생을 설계하고 그 계획대로 세상을 사는 것이 아니다. 사회가 요구하는 대로, 나보다 좀 더 힘 있는 사람들에 휘둘려 그들이 말하는 방향으로 이리저리 떼를 지어 몰려다니는 모양새다. 글로리아 언니는 그 무리를 박차고 나와 본인의 길을 찾아서 씩씩하게 가고 있는 정말 지혜로운 여인이다.

이 세상에 그 어떤 말로도 글로리아 언니를 제대로 설명할 수 없다. 내가 감히 글로리아 언니를 표현해 본다면 차가운 이성을 가지고 법을 대하는 사람이 아니라 따뜻한 카리스마로 사람을 대하는 법조인이다. 좁은 지구적인 시야에서 세상을 보는 것이 아니라 우주적인 입장에서 '우리 각자가 이 세상에 살고 있는 진정한 목적은 무엇일까?'를 깊이 생각하는 박애주의자이다.

조건 없이 무조건 퍼주는 사랑이 무엇인지를 제대로 실천하고 있는 사랑스러운 여인이다. 내가 얼마나 소중한 사람인지를 깨우쳐 주고, 내 숨겨진 가능성을 표출하도록 빗장을 활짝 열어준 생명의 은인인 글로리아 언니이다. 그녀를 만나지 않았다면 어땠을까? 나는 아마 우리 사회 안에서 항상 부족한 사람, 자신감 없고 뭐를 해도 남과 너무 다르고, 인생의 껍데기만 조금 맛보고 세상을 마무리하는 불쌍한 인간으로 남았을 것이다. 생각만 해도 끔찍하다.

| 차례 |

나의 모든 것 사랑하기

미친 열정, 어디다 쏟아부을지
모르는 그대에게

남과 다른 인생 시계

우리는 모두 마음속에 '미운 오리'를 여럿 키운다. 아주 놀랍게도, 최상의 조건으로 절대 남 부러운 것 없이 살 것 같은 사람들도 그렇다. 그들이 자기 안에 미운 오리를 여러 마리 안고 사는 것을 볼 때면 깜짝깜짝 놀라게 된다.

"아니, 도대체 뭐가 부족해서?"

하지만 그건 그들의 속 사정을 전혀 모르는 나의 생각이다. 그러면서 느낀 것이 '누구를 막론하고 모두가 내 안에 미운 오리를 키우며 산다'는 것이다.

자존감이 뭔지도 몰랐던 10대와 20대의 전쟁터에서 겨우 벗어나 30대에 들어서면서 내 맘대로 세상을 사는 게 현명하다는 생각을 했다. 하지만 그때는 세상에 대항할 힘이 아직 없었다. 40대를 지나면서 콤플렉스라는 녀석을 숨기면 병이 되지만 잘 쓰면 오히려 장점이 될 수도 있다는 사실을 깨달았다.

지나고 보니 부족하다고 생각하는 나의 약점들이 절대 나쁜 것만은 아니었다. 한 교실에서 수업을 들어도 모든 학생이 수업 내용을 100% 다 이해하지는 못한다. 우리 모두에게는 각자의 인생 시계가 있다. 어떤 이는 일찍 승승장구하고 어떤 이는 좀 더디게 간다. 인생 초반에 원하는 결과를 얻는 사람도 있지만 어떤 사람은 한참을 기다리다 포기하려는 순간에 뜻밖의 결과를 얻기도 한다.

나의 인생 시계는 정말 더디게 갔다. 초, 중, 고등학교에 다니는 동안 반에서 거의 바닥을 쳤고, 삼수해서 간신히 들어간 대학교에서도 마찬가지였다. 학교에서 가르쳐 주는 내용이 당최 나의 호기심을 자극하지 않았다. 뭔가를 배운다거나 새로운 것을 익히는 과정이 너무 괴로웠다. 좋아하는 일이라면 조금은 행복했을 텐데…. 그런 경우가 아니라면 인생 다 때려치우고 싶을 때가 대부분이었다. 미국에 와서 잠시 반짝했던 적도 있었다. 하지만 나는 뭐를 해도 남들보다 더 많은 시간을 쏟아부어야 조금씩 표시가 나는 사람이었다.

태어나서 처음 40년은 '나'로서 살아오지 못했다. 끊임없는 생존 경쟁에서 바닥을 치고 또 치며, 이렇게 힘든 삶은 모두 나의 부족함과 무식함 때문이라 여겼다. 하지만 어느 순간부터 생각을 바꾸게 되었다. 못된 성격의 직장 동료나 괴팍한 상사에게는 참는 것이 아니라 일단 맞짱 떠서 내 생각을 알려야 한다는 것을 알게 되었다. 그래도 해결이 안 된다면 그곳에서 최대한 배운 후 더 나은 기회를 찾아 떠나는 것이 옳다는 것도 몸소 체험했다.

관심이 있고 정말로 해 보고 싶은 일이라면 아무리 많은 장애물이 있더라도 문제를 하나씩 해결하며 전진해야 한다. 그러면 반드시 전문인이 될 수 있다는 진리를 내 몸에 진하게 새겼다. 할까 말까 망설이는 일이라면 일단은 해 보고 결정하는 지혜도 터득하였다.

가끔 왜 그렇게 한군데에 붙어있지 못하고 직장을 자주 옮기냐며 '성격이 좀 별나다'라는 소리를 듣기도 했다. 하지만 그것도 내가 세상을 사는 방법이었다. 우리는 모두 독특한 존재이다. 그런데 왜 사회가 정한 틀 안에서 비슷한 목표를 갖고 살아야 할까? 남들처럼 살아야 잘 사는 것이라는 착각 속에 갇혀 있을까? 한 직장에서 뿌리박고 오랫동안 키워온 통통한 경력도 좋지만, 서른 가지가 넘는 직장을 넘나들며 폭넓게 쌓은 경력도 나쁘지 않음을 느낀다.

'나 이런 일하는 사람이야', '이런 곳에서 일해'라고 명함을 내밀 정도는 아니지만 여러 경험이 알아서 조합을 이룬다. 그리고 나름대로 창의적인 뭔가가 만들어지는 것을 보며 이렇게 살아도 괜찮다는 뿌듯함과 여유가 생긴다. 어차피 인생은 수많은 경험이 조합되어 나만의 삶을 만드는 것이다.

예쁘지도 않고, 똑똑하지도 않고, 잘하는 것도 없고, 이해력도 떨어지고, 영어도 짧고, 성깔은 좀 있고…. 미운 오리에 이유를 가져다 붙이면 끝이 없다. 화딱지가 나고, 더럽고, 세상이 마구 미워지는 날이 있다. 그런 날에는 내가 좋아하는 바닐라 아이스크림 한 통을 살포시 안고 한 입 먹으며 일단 눈을 감고 달콤함을 음미한다. 지금 내 앞이 흐리멍덩하거나 비 온 후 세상처럼 깨끗하지는 않아도 괜찮다. 인생은 막판까지 가봐야 성패를 알 수 있다.

꼴등하다 버클리 간 글로벌 노마드

틈만 나면 점찍기

처음 미국에 올 때 부모님과의 약속은 딱 일 년 만 있다 돌아가는 것이었다. 그런데 일 년을 지내면서 내가 살고 싶은 곳이 미국이라는 생각이 들었다. 경제적인 상황이라든가 여러 가지 조건이 여유가 있는 것은 아니었다. 합법적으로 미국에 있으려면 풀타임 학생 신분을 유지하거나 아니면 미국 시민권자와 결혼하는 것이었다. 다행히 2년제 커뮤니티 대학교에 등록할 수가 있었지만, 풀타임으로 학교를 다니면서 돈도 역시 벌어야 하는 상황이었다.

그때 마침 랭귀지 학교에 다니면서 잠깐 알바를 했던 햄버거집 주인이 도움을 요청했다. 남편이 일하는 미국 회사에서 한국말 서비스를 할 사람이 필요하다는 것이었다. 무슨 일이라도 당장 필요한 상황이라 그것이 어떤 일인지도 모르고 덥석 하겠다고 했다.

미국에서 한인 교포들이 많이 하는 비즈니스가 세탁소이다. 영어로 소통을 많이 하지 않아도 되지만 꼭두새벽부터 작업하는 일이라서 부지런함이 몸에 밴 한인들에게는 딱 좋은 비즈니스이다. 햄비기집 주인의 남편은, 세탁소에서 드라이클리닝을 하면서 나온 화학 폐기물을 수거해 처리하는 케미컬 회사의 임원이었다. 유학 초기라 나의 영어 실력은 부족했지만, 햄버거집에서 열심히 일했던 점에 높은 점수를 주었다. 그리고 한인들을 상대하는 일이 많아 영어보다는 한국말을 잘하는 사람이 필요한 포지션이었다.

폐기물이 영어로 뭔지도 몰랐을 만큼 그 영역에서는 문외한이었다. 게다가 나는 내비게이션 없이는 아무 곳도 못 다니는 방향감각이 제로인 사람이었다. 그런 내가 각 세탁소의 픽업 지역을 정확히 파악해 운전사에게 전해주는 일까지 하게 되었으니, 일을 시작한 초반에는 매일 회사에 나가는 것이 고문이었다. 아예 처음부터 고생길이 훤히 보였다.

스마트 폰이 대중화되기 전이라 지도를 보며 길을 찾았고, 미국 운전자들은 내가 전달한 주소를 보면서 큰 트럭을 움직였다. 그런데 여러 번 실수하면서 일하는 것이 점점 무서워졌다. 하루에도 몇 번씩 너무 바보 같다고 생각하며 자책에서 벗어나지를 못했다. 매일 또 어떤 실수를 할까 안절부절못하며 살고 있었다. 하지만 아무리 어렵더라도 반복하면 일은 조금씩 익숙해지기 마련이다. 처음에는 수많은 선과 점만 보이던 지도에서 지름길을 발견하거나 효율적인 픽업 경로를 찾아 운전자들에게 안내하게 되었다.

나아가 틈이 나면 한인 고객들에게 전화해 불편한 점이 없는지 고객 상담도 했다. 그러면서 친해지자 그분들은 미국 이민을 와서 힘들었던 이야기보따리를 풀었다. 회사 서비스가 마음에 든다며 다른 곳을 이용하는 세탁소 친구들을 우리 회사로 연결했다. 영어 실력이 부족해 속시원히 고객 행세를 못 하던 분들이었기에, 한국말로 해도 회사에 똑바로 의사를 전달하는 사람이 있다는 것이 이분들의 마음을 크게 움직였다.

한인 고객 서비스 상담에서 영업 분야까지 일이 확장되었다. 한인 주소록에서 세탁소 이름을 찾아 직접 전화하기도 했다. 한국 사람이 주인인 줄 알고 걸었는데 주인이 바뀌어 미국 사람들과 이야기할 때도 있었다. 처음에는 당황해서 전화를 바로 끊었지만 여러 번 접하면서 사무실에서 주위들은 영어로 대화를 시도하게 되었다. 어차피 전화기 너머에 있는 사람이 내 영어 실력을 어떻게 생각하든 별 상관이 없었다. 평생 그 사람을 직접 만날 가능성은 거의 없었고, 고객으로 유치할 확률도 거의 없었다. 하지만 영어를 연습한다고 생각하면 그리 손해 보는 일도 아니었다.

미국 오자마자 햄버거 가게에서 콩글리쉬로 버티며 배운 실력으로 미국 생활에 적응하는 여유와 배짱이 생겼다. 그때를 버텼기에 내 생애 평생 듣지도 보지도 못한 케미컬 회사에서 일할 기회도 생겼다. 손님과의 많은 소통 속에서 이민자의 힘든 생활을 간접적으로 체험하게 되었다. 종이로 된 지도를 펼쳐 놓고 이곳저곳 미국 전역의 케미컬 픽업 스케줄을 만들면서 미국이라는 나라가 얼마나 넓은지도 알게 되었다. 그래서 더욱 이 땅에서 나를 시험해 보고 싶다는 생각을 굳히게 되었다.

내가 20대와 30대에 했던 하찮아 보이던 경험과 직업들이 보일 듯 말듯 계속 점들을 찍어 나가기 시작했다. 그 점들은 너무 작아서 존재하는지도 모르는 경우가 많았다. 그러든지 말든지 그 점들은 계속 쌓여 갔고, 그것들이 알아서 서로 시너지 효과를 내며 새로운 선을 만들기 시작했다. 살면서 가끔은 너무 하찮게 보이거나 시간 낭비로 느껴지는 일이 있다. 하지만 그럴 때마다 나는 '지금 인생의 소중한 점들을 찍고 있는 거다'라는 암시를 걸었다. 그 점들은 내 안 어딘가에 서 굵직한 선으로 살아나기 위해 꾸준히 쌓이고 있음을 알 기 때문이다.

몰라도 일단 Go!

실리콘밸리 근처이지만 전화기와 컴퓨터를 사용하는 것 외에는 하이테크와는 큰 연관이 없이 살았다. 어느 날 지인이 "실리콘밸리에 있는 테크 전문 교육 기관에서 영어와 한국어를 잘하는 분을 찾는데 혹시 가능한가요?"라며 전화했다. 한국과 연관된 기회의 문을 항상 열어두었지만 테크 쪽은 전혀 문외한이어서 선뜻 대답하지 못했다. 그날 밤 지인의 말을 곰곰이 생각하면서 엔지니어를 찾는 것은 아니니 어떤 내용인지 한번 들어보고 싶다는 생각이 꿈틀거렸다. 일단 들어보고 아니면 그때 관두면 되니까.

회사 CEO와 직접 인터뷰하면서 일반 테크 회사처럼 기술 개발이나 제품을 만드는 것이 아니라 교육 회사인 것을 알게 되었다. 실리콘밸리로 사업 확장을 꿈꾸는 전 세계의 창업자들과 테크 분야에 관심 있는 대학생들이 현지에서 잘 성장할 수 있도록 교육하고, 각 분야의 전문인들과 연결하는 일이 테크 회사의 본업이었다. 특히 한국과의 프로젝트가 점점 늘어나면서 한국말과 영어가 가능하면서 프로그램이 잘 돌아가도록 양쪽 상황을 파악해서 책임지고 이끌어갈 사람을 찾고 있었다. 이벤트 회사, 네트워크 마케팅 회사, 비영리 재단, 커피 회사 등 주로 사람들과 어울리며 일했던 나는 이 직업이 요구하는 조건에 딱 맞아떨어지는 사람이었다.

나는 내 앞에 다가오는 기회들과 새로 만나는 사람들을 '문전박대' 하지 않는다는 철학을 가지고 있다. 하지만 당시 이미 풀타임으로 일해야 하는 다른 직업이 있었다. 최소 3개월의 시간을 집중해야 하는 이 기회가 그래서 조금 부담스럽기도 했다. 잠을 줄이고 다른 풀타임을 파트타임으로 돌려야 가능한 프로젝트였다. 어떤 일이 내 앞에 나타나는 것은 분명 새로운 인연이 연결되는 것이다. '일단은 받아들이고 시도해 보자'라는 생각이 점점 강해졌다. 이틀 동안 찐한 묵상을 한 뒤 한번 해 보기로 결정을 내렸다.

처음 회사에 들어가서 내가 담당했던 일은 한국의 카이스트 학생들을 대상으로 하는 실리콘밸리 창업 프로그램 진행이었다. 한국은 물론 더 나아가 세계를 이끌어갈 학생들이 미국 실리콘밸리 진출을 위해 반드시 알아야 할 비즈니스 문화와 본인들의 아이디어를 최고로 표현하기 위한 피칭 Pitching의 기술을 지도해 주는 일이었다. 그리고 현지의 멘토와 투자가들과 연결하는 것이 우리의 목표였다.

처음 한 달은 새로운 분야에 적응하느라고 시도 때도 없이 일에 매달렸다. 한국과 미국의 시간에 맞추어 일하다 보니 낮에도 일하고 밤에도 일하는 상황이 자주 발생했다.

특히나 학생들이 라스베가스의 CES Consumer Electronics Show 와 실리콘밸리 단기 연수를 왔던 2주는 완벽한 프로그램과 그들의 안전을 위해 거의 24시간 대기해야 했다. 지나고 보니 '어떻게 그렇게 버틸 수 있었을까?' 할 정도로 무식하게 일했다. 다행히 결과가 만족스러웠고 회사가 학교와 더 많은 프로젝트를 진행하면서 나도 회사로부터 정식으로 GPD Global Program Director의 자리를 제안받았다.

High-Tech를 잘 모른다고 지레 겁먹고 시도조차 하지 않았다면 어땠을까? 아마도 너무나 멋진 새로운 기회를 영영 놓쳤을 것이다. '일단 한번 들어나 보자'의 마음을 가진 것이 참으로 기특하고 대견했다. 내가 잘 못하고 모르는 분야로 진출할 때마다 직면하는 느낌은 불안하고, 어려우며, 귀찮고, 싫다는 느낌이다. 하지만 '할까 말까'의 상황이라면 최대한 '하자'를 택한다. 익숙해질 때까지 버텨야 하는 불편함과 무지의 시간이 괴롭지만 새로운 경험을 꾸준히 쌓아간다. 그렇게 더 자신감이 붙고, 능력 있는 사람으로 성장하는 나를 바라보는 일이 즐겁기 때문이다.

1부. 미친 열정, 어디다 쏟아부을지 모르는 그대에게

도전으로 얻은 열쇠들

스무 살 때 햄버거 가게 점원으로 일을 시작한 이후로 수십 가지의 직업을 가지고 살았다. 서른을 넘어서면서 이벤트 플래닝 분야가 정말 매력 있는 직업임을 알았고, 그 직업을 위해 이벤트 관련 분야에서 경험을 쌓았다. 돈을 많이 벌지는 못했지만 내 몸에 한 겹씩 쌓이는 경험을 매일 체험하며 정말 즐겁게 일했다. 하지만 같은 분야에서 15년 정도 일하다 보니 나의 한계를 느끼는 순간이 왔다. 그리고 내 종착역이라 생각했던 커리어를 완전히 뒤집었다.

나이 마흔에 이전에 전혀 경험하지 못했던 새로운 일을 찾아서 바닥부터 다시 시작했다. 그것도 한 가지만이 아니라 다양한 분야에서 여러 가지 일을 했다. 나 자신을 아주 솔직하게 소개한다면 가진 것 없고, 내세울 것 없고, 한 분야에서 월등히 잘하는 것이 없는 사람이다. 하지만 그런 직업들은 그동안 내 몸 안에 참으로 다양한 경험들로 꾸준히 장착되고 있었다.

온갖 일을 하면서 내가 얻은 것은 세상 어디서든 살아남을 수 있다는 자신감이다. 새로운 곳에 혼자 가고, 새로운 사람을 만나고, 새로운 일을 하고, 새로운 음식을 먹어보고, 새로운 환경에 적응할 수 있는 능력을 지니게 되었다.

어떤 일이든 처음 시작할 때는 실수할 수 있다는 것을 이해하고, 꾸준히 일하다 보면 반드시 습득하게 된다는 이치를 깨달았다. 많이 소유하지 않을수록 더 자유로울 수 있다는 진리도 알게 되었다. 나는 백만 불은 없지만 백만 불에 버금가는 건강을 가졌다. 백만 불로도 살 수 없는 용기와 배짱도 가졌다. 이렇게 될 수 있었던 건 그동안 수십 번, 수백 번 엎어지고, 떨어지고, 산산조각이 나도 나 자신을 다시 일으켜 세우며 나아갔기 때문이다.

실수와 실패를 가장한 성공의 열쇠들로 내 인생을 계속 채워 나가자. 그 열쇠들이 우리에게 세상을 열고 나갈 기회를 활짝 펼쳐줄 것이라 나는 확신한다.

꼴등하다 버클리 간 글로벌 노마드

모르면 모른다고 해라

한때 나는 눈앞에 실패라는 간판이 나타날 때마다 그것을 애써 무시했다. 괜찮다고 토닥거리며 앞만 보고 다시 뛰었다. 그게 내가 상처받지 않고 할 수 있는 최선이라고 믿었다.

그런데 살아보니 그게 아니었다. 아무리 힘들어도 깊이 반성하고, 고민하고, 아프고, 묵상하는 시간을 가져야 했다. 그걸 무시한 행위는 너무나 잔인한 부메랑이 되어 돌아왔다. 아무리 엄청난 시간을 쏟아붓고 공을 들여도 제대로 된 나만의 건물이 만들어지지 않았다. 설렁설렁하며 같은 실수를 여러 번 반복하는 안 좋은 습관이 내 몸과 정신을 지배하고 있었다.

미국 생활에서 가장 큰 장벽은 바로 영어였다. 아무리 귀를 후벼 파도 영어가 들리지 않았고, 당연히 말도 안 나왔다. 학교 수업이야 끝나고 혼자서 이해할 때까지 공부할 수 있으니 괜찮았다. 하지만, 상대방이 있는 대화는 고역이었다. 한두 번 다시 말해 달라고 양해를 구하는 것은 기본이었다. 그래도 못 알아들을 때는 내화의 흐름을 끊기가 미안해 거기서 멈추고 그냥 이해하는 척하기 시작했다. 솔직히 못 알아듣겠으니 천천히 말해 달라거나 이해가 안 되면 적어달라고 해서라도 붙잡고 늘어졌어야 했다. 그랬다면 훗날 비슷한 상황을 겪을 때 그 말을 알아들을 수 있었을 텐데….

모르는 것이 쌓이면 결과는 바로 '평생 모른다'이다. 영어 실력은 환장할 만큼 제자리를 맴돌았다. 그리고 언어의 장벽에 갇혀서 꿈꾸던 아메리칸드림은 점점 멀어져 갔다.

모르면서 아는 척해도 문제지만 모른다고 말하지 않고 가만히 있는 것도 좋지 않은 습관이다. 내가 모르는 것을 질문하지 않은 것은 남들이 '그것도 모른다'라며 흉볼까 두려워하는 마음 때문이었다. 그러다 똑똑해 보이는 사람이 질문하면 '나만 모르는 게 아니었구나' 하며 안심했다.

신문방송학과 전공과목 중에 주제가 '방송과 사회적 책임'이라는 수업을 듣게 되었다. 교수님은 현직 변호사였다. 강의는 무책임한 방송이 많은 사람에게 피해를 줄 수 있다는 내용이었다. 법의 보호망을 교묘하게 피해 가는 미성년자들의 이야기를 하면서 'Minor'라는 단어를 사용했다. 그때 나는 그 단어가 미성년자를 뜻한다는 사실을 전혀 알지 못했다. 수강생은 300명이 족히 넘었고 나는 늘 그렇듯이 맨 앞줄에 앉아있었다. 한두 번 나왔으면 그냥 적어 놨다가 나중에 사전을 찾아보았을 것이다. 그런데 주제 자체가 청소년들과 관계가 있어서 그 단어가 의외로 많이 나왔다. 내 머릿속에서는 강의 내용이 이해가 되지 않았다.

용기를 내어 손을 들었다. 그리고 그 말이 무슨 뜻인지 잘 모르겠다고 질문을 했다. 갑자기 교실에서 폭소가 터져 나왔다. 그때 나는 웃는 이유를 몰랐다. 다행히 교수님은 내가 외국 학생이라서 친절하게 설명해 주었다. 하지만 그다음부터 내 별명은 '마이너'가 되었다. 다들 어려운 수업이라 초집중하여 듣고 있는데, 뜬금없이 그들에게는 너무나 익숙한 단어의 뜻을 설명해 달라고 했으니…. 그들은 내가 농담하는 줄 알았다고 했다.

한동안 Minor라는 단어만 봐도 그날의 악몽이 떠올랐다. 하지만 그때의 경험 덕분에 마이너와 관계된 모든 내용을 깡그리 공부했고, 정말 운 좋게 기말고사에서 '마이너의 보호와 관계된 방송의 책임'을 논술하라는 내용을 선택해 좋은 성적으로 학기를 마쳤다.

그날 나의 질문을 듣고 웃었던 학생 중 지금까지 나를 기억하는 이들은 거의 없을 것이다. 자신감을 가지고 모르면 모른다고 해야 한다. 진실을 무시하는 행위는 평생 나의 발목을 잡는 족쇄가 되거나 그것을 극복하는데 더 많은 시간과 에너지를 낭비하는 결과를 가져온다. 나의 부족한 부분을 솔직히 인정하는 것은 아름다운 용기이고, 누가 보더라도 진정성이 있는 사람으로 느껴진다.

1부. 미친 열정, 어디다 쏟아부을지 모르는 그대에게

내가 세상에 쓰일 용도

세상에 거울이 등장하면서 더 많은 시기, 질투, 교만, 비교가 넘쳐나기 시작했다. 있는 그대로를 보여주는 것이 거울이다. 그런데 아름다움의 기준이 잘못되었다면 어떨까? 과연 거울 앞에서 올바른 모습을 볼 수 있을까? 올바른 모습을 볼 수 없다면 그것은 어쩌면 첫 단추부터 잘못 끼워진 옷을 입은 것과 같다. 우리 모두 그 거울을 깨트려야 한다. 일그러진 모습이 아니라 눈과 마음으로 직접 보고 느끼는 나대로, 나답게 살기 위해서.

평생 살면서 세상은 항상 내가 일한 것보다 부족하게 가치를 인정한다는 느낌이 들었다. 여태까지 쌓아 온 스펙이나 했던 일이면 괜찮은 회사의 높은 자리에 앉아 멋지고 폼나게 사는 것이 정상일 것이다. 그런데 늘 바닥에서 대타 역할만 하는 느낌이 들었다. 많은 직업을 마다하고 한 우물만 팠다면 좀 달라졌을까? 곰곰이 생각해 본다. 세상에는 나보다 부족하고 불행하다 생각되는 사람들도 많다. 그런데 나는 왜 만족하지 못하고, 비참하고, 창피하고, 괴롭기만 할까?

어느 더운 여름날 머리가 아릴 만큼 시원한 아이스커피를 벌컥벌컥 마시다 문득 이런 생각을 했다. '내가 세상에 쓰일 용도는 따로 있을 것이다!' 세상의 온갖 잡스러운 일로 바닥부터 나를 차곡차곡 훈련을 시키는 이유는 분명히 따로 있을 것이다.

어쩌면 우리는 세상에 태어난 목적이 다르기에 각자에게 맞는 기준으로 인정받아야 한다. 그런데 그것을 무시하고 몸에 맞지도 않는 잣대로 이리저리 재려고 하면 뭐가 제대로 안 되고, 땅 밑으로 꺼지는 느낌이 드는 것이다.

내면에서 불만의 목소리가 커질수록 살아 있다는 사실에 감사하며 조용히 묵상한다. 내가 세상에 쓰일 용도는 분명히 있다. 그런데 내 삶의 진정한 의미는 무엇일까? 살면서 해결해야 할 중요한 숙제이다.

내가 세상에 존재해야 할 이유가 반드시 있다

꼴등하다 버클리 간 글로벌 노마드

마음으로 세상 보기

어렸을 때부터 자주 듣는 뉴스가 있다. 다단계 회사로 인한 피해와 사회적 여파, 피해자의 안타까운 사연 등이다. 수당 지급을 내세우면서 남의 등을 쳐서 내 실속을 차리는 이야기. 상위 조직에 있는 사람만 이득을 얻는다고 알려진 피라미드 사업이 내게도 찾아왔다. 그렇게 부정적인 뉴스를 많이 들었어도 실제 접하고 보니 멋진 노후를 위해 반드시 준비해야 할 당연한 일로 보였다.

기왕에 사용해야 하는 제품을 현명하게 선택하고, 사용하고, 나눈다. 사업 설명회를 들었을 때 첫 번째 느낌은 노동과 선택의 대가를 정당하게 받는다는 것이었다. 그리고 사업을 소개한 사람의 진실함을 알기에 '편견 없이 한번 알아는 봐야겠다'라는 마음을 가졌다. 사업자 미팅에 참여하는 횟수가 늘어갈수록 함께하는 사람들이 익숙해졌다. 늘 참석하는 사람들도 많았고, 그들과 동행한 이런 분위기가 좀 어색해 보이는 새로운 사람들도 있었다.

다양한 인종과 가지각색의 직업을 가진 사람들이 미팅 장소에 모여 열정을 뿜어내고 있었다. 특별한 교육도, 백그라운드도, 집안 배경도, 학벌도 모든 조건이 이곳에서는 평준화가 되었다. 초등학교만 졸업한 사람도, 박사인 사람도, 모두 다 같은 출발점에서 시작했다.

물론 개인적인 여건과 능력에 따라 다른 사람보다 빠른 성과를 내는 사람들도 있다. 하지만 시작이 빨라도 장거리를 갈 수 있는 내공과 내실, 인내, 배려의 마음을 쌓지 않으면 계속하기 힘든 사업이었다. 회사처럼 주어진 일만 하고 월급을 받는 것이 아니었다. 사람의 마음을 얻고, 서로 도와서 함께 가는 방법을 찾아야 성공할 수 있었다.

그동안 하고 싶은 일들을 찾아서 열심히 살려고 했다. 하지만 현실은 아메리칸드림에서 점점 멀리 떨어지는 것 같았다. 매일 일에만 쫓겨 살고 싶지 않았다. 정말 내 맘대로 멋진 인생을 디자인하고 가족들과 폼나게 살고 싶었다. 그런데 현실은 반대였다.

절박한 상황에서 고민하던 나에게 이 사업은 꿈을 다시 꾸고, 희망을 주는 오아시스처럼 보였다. 이번에 놓치면 다시는 안 올 것 같은 마지막 기회. 처음부터 물건을 팔아야 하는 일이었다면 할 수 없었을 것이다. 그런데 우리 그룹은 책이나 강연을 통해서 사람을 이해하고 자신을 성장시키는 것으로부터 출발하였다. 복잡한 인간을 이해하기 위해 책을 읽었다. 경제와 문화를 이해하는 것이 비즈니스의 성장에 얼마나 중요한지를 일깨워 준 시간이었다. 학교 다닐 때보다 몇십 배나 더 많은 책을 읽었다.

사업을 9년이나 했다. 때로는 마음대로 되지 않았다. 다른 사람들과의 관계 때문에 정말 속상하고 눈물도 흘렸다. 하지만 그렇게 만난 수천 명과의 관계를 통해서 사람을 보는 눈을 키웠다. 사람을 이해하는 수준은 이전과 비교할 수 없을 정도로 깊어졌다. 하지만 내가 세운 인생 목표와 다른 계획을 위해서 다른 길을 선택하게 되었다. 다만, 그때의 좋은 느낌은 여전하다.

인생에서 일어나는 모든 일에는 반드시 이유가 있다고 믿는다. 많은 행운이 허접한 모양으로 다가오기도 한다. 인생의 목표가 분명하고, 제대로 된 회사와 시스템 그리고 선한 영향력을 나누는 사람들이 있다면 큰 도움이 될 것이다.

그런 옥석을 가려내는 능력은 많은 사람을 겪으면서 쌓인다. 만남을 두려워하지 말고, 아니다 싶으면 망설이지 말고 보내자. 이 모든 과정을 거쳐야 내 일, 내 사람을 찾을 수 있는 안목이 생긴다.

1부. 미친 열정, 어디다 쏟아부을지 모르는 그대에게

Photo by Gil Seo

잘할 수 있을지 확신이 없는
그대에게

미움받을 용기 키우기

그리스는 천 개도 넘는 섬으로 이루어진 나라다. 대부분의 섬에서 아름다운 일출과 일몰을 볼 수 있고, 숨이 멎을 만큼 그림 같은 풍경도 있다. 그런데 왜 사람들은 유독 산토리니라는 작은 섬에 가고 싶어 할까? 그건 바로 산토리니가 가지고 있는 독특한 매력 때문이다. 산토리니는 도시 대부분의 건물을 하얀색으로 칠했다. 코발트색 바다와 연푸른 하늘 사이에 아주 특출한 개성을 드러나도록 했다. 너무나 단순한 콘셉트이지만 그 특이함이 매력이기에 산토리니의 가치는 다른 어느 섬보다도 돋보인다.

하지만 하늘에서 순백색으로만 보이던 집들 사이를 걸어가다 보면 참 다르다. 페인트가 바래서 누르죽죽하거나 노랗고 연한 회색처럼 보이는 건물도 있다. 또는 파란 지붕을 한 교회와 빨간 꽃들까지 자신의 개성을 뽐내며 당당히 자기 자리를 지킨다. 사기당한 느낌이 들 정도로 저 멀리서 그리고 바로 코앞에서 본 섬의 모습은 참으로 달랐다.

그리고 보면 우리 삶도 비슷하다. 멀리서 보면 그저 다 같은 '인간'이지만 가까이 다가가면 자세히 보면 각자의 신체적 특징이 보인다. 더 가까이 가면 정말 깜짝 놀랄 만큼 개개인의 특성이 다르다. 그런데 우리는 그 특별한 나다움을 애써 무시한다. 그리고 나를 전혀 모르는 그 누군가가 정해 놓은 기준에 우리 자신을 송두리째 맡긴다. 집단을 떠나 혼자만의 삶을 견뎌야 한다는 두려움이 우리를 겁쟁이로 만들어 버린다.

남들이 보기에 나는 씩씩하고 별로 걱정 없이 사는 사람이다. 그런데 그건 정말로 겉으로만 이해한 사람들의 생각이다. 나는 아주 오랫동안 소심하고 불안하고 자신감이 없는 사람이었다.

성적이 중요했던 중고등학교 때는 거꾸로 등수를 세야 훨씬 빨랐다. 홀쭉한 얼굴 중간에 자리 잡은 듬직한 코는 이목구비의 이상적인 비율에 전혀 도움이 안 되었다. 게다가 또래의 남학생들보다 키가 한 뼘 정도는 커서 작게 보이려고 등을 살짝 접고 다녀야 했다. 미국에 와서는 버벅거리는 영어 때문에 하루에도 몇 번씩 눈물을 흘렸다. 마음대로 되지 않는 인간관계를 모두 내 잘못이라고 자학했다. 나이가 들수록 하나도 이루어 놓은 것 없어 보이는 삶이 늘 불안했다.

기시미 이치로의 『미움받을 용기』라는 책을 처음 접했을 때, 제목부터 충격이었다. 그동안 미움받지 않기 위해 부족한 부분들을 감추고, 잘한다는 칭찬 한마디 들으려고 얼마나 많은 에너지를 썼던가! 그런데 책은 '타인의 비난이나 미움을 좀 받으면 어떤가?'라는 메시지를 던져 주었다. 미움받는 삶을 살아도 괜찮은지, 상상조차 못 했는데 책은 오랫동안 막혀 있던 답답한 생각을 시원하게 터 주었다.

미움과 비난을 받으며 살라는 것이 아니라 남들과 사는 방법이 좀 달라도 두려워 말고 인생을 독자적으로 살아가면 된다고 했다. 세상이 평가하는 매력 없는 기준을 옆으로 두고 그 자리에 내가 정한 기준을 세우는 데에는 용기가 필요했다. 위험 부담도 안아야 했다. 왜냐하면 내 인생의 성공에 아직 확신이 없었기 때문이다.

그래도 나는 미움받을 용기를 냈다. 누구나 직면하고 있는 삶이 다르다. 또 상태는 수시로 바뀐다. 하지만 그 소용돌이에서 틈틈이 나답게 사는 것을 고민했다. 밥 먹듯이 새로운 일과 부딪치며 경험을 쌓는 일을 두려워하지 않았다. 세상에 보여주는 나보다 본질과 열정에 충실하며 나답게 사는 삶에 무게를 둔다. 나는 그런 보석 섬 같은 삶을 욕망한다.

꼴등하다 버클리 간 글로벌 노마드

새로움과 친해지기

학교 졸업을 앞두고 미국인 친구의 부모님이 주최하는 자선기금 모금행사에 초대를 받았다. 처음 가보는 미국 주류 사회의 사교 파티였다. 영화 속에서 보는 모습처럼 이브닝드레스와 연미복을 차려입은 사람들이 방 안을 채우기 시작했다. 한쪽에서는 재즈 트리오가 공연을 했다. 사람들은 삼삼오오 모여 우아하게 칵테일을 마셨다.

친구는 안 보였고, 어리둥절해서 어디로 가야 할지 갈피를 못 잡고 있었다. 그때 나는 행사를 진행하던 파티 플래너에게 완전 꽂혔다. 슬림한 블랙 정장을 입은 그녀의 움직임은 조용했다. 하지만 그녀의 지시를 받는 스태프들의 발걸음과 손놀림은 빨랐다. 그때 나는 버클리 졸업 후의 진로를 결정하지 못하고 있었다. 그날 이후로 새로운 것을 하면서도 돈을 벌 수 있는 직업이 있다는 생각이 꼬리를 물고 이어졌다. 그리고 급기야는 인생 진로를 라스베가스로 확 틀게 되었다.

교양 과목은 이미 이수한 상태였다. 호텔경영학교에서는 이벤트, 컨벤션과 관련된 진공과목만 이수하면 되었다. 실습을 위주로 해서 학교 수업은 재미있었다. 하지만 학교 졸업 후 인턴십을 하면서 많은 장벽들과 마주하게 되었다. 가장 큰 문제는 행사와 관련된 분야에서 경험이 없었다. 책상 앞에서만 30여 년의 시간을 보낸 나에게 이벤트를 구상하고, 만들고, 마무리하는 일은 정말로 '무'에서 '유'를 창조하는 일이었다. 처음부터 마무리까지 필요한 일들을 새로 공부해야 했다.

어느 분야에서 최고가 되고 싶다면 바닥부터 철저하게 익혀야 한다는 것이 나의 신조이다. 특히 대형 행사에서는 수십 명 때로는 수백 명의 사람들이 함께 일하게 된다. 그럴 때 기획자가 각 분야를 정확히 이해하지 못하면 정말 큰 문제가 발생한다. 전체가 하모니를 이루지 못하고 삐걱거리는 오케스트라는 관객들에게 최고의 연주를 들려줄 수가 없는 것처럼.

손에 수많은 가시를 찔려가며 꽃을 다듬었다. 남의 파티에 가서 음식을 날라주고, 바텐더 일을 하고, 무대 조명과 데코레이션도 배웠다. 특급 엔터테이너를 모실 때는 그들이 마시는 물까지 특별 주문해 준비했다. 빌린 가구에 스크래치가 났을 때 어떻게든 말끔히 처리하는 요령도 익혔다. 행사가 크면 사진사를 충분히 뽑아서 작은 디테일도 놓치지 않도록 했다. 특히 VIP 고객과 가족들도 사진사들에게 알려줘, 그들의 사진을 빠짐없이 풍성하게 찍을 수 있도록 했다. 그중 제일 잘 나온 사진을 액자에 넣어 감사 카드와 함께 선물로 보내는 노하우도 터득했다. 파티가 있는 날 가장 먼저 행사장에 도착해 점검하고, 파티장의 마지막 불이 꺼지고 모든 직원이 자리를 뜰 때까지 지키는 일을 수도 없이 해냈다.

나의 꿈과 희망도 모르고, 남의 행사 뒤치다꺼리나 하고 있다는 주변의 시선과 부정적인 의견을 견뎌야 하는 상황들도 많았다. 피할 수 있으면 좋으련만, 인생은 내가 원하는 것만 하는 꽃길이 아니었다. 영원히 끝이 없을 것 같던 밑바닥 생활이 어느 날부터 달라지기 시작했다. 행사 곳곳의 부족한 점들이, 그리고 채워야 할 일들이 보이기 시작하였다.

그전에는 수많은 일들이 한꺼번에 돌아가는 행사장에 있다는 자체만으로도 버거웠다. 그동안 잘 참아 왔던 인고의 시간이 활개를 치기 시작하는 느낌이었다. 마치 요술 렌즈를 끼고 세상을 보는 느낌이었다. 그 순간이 왔을 때, 그동안 늘 긴장하며 살아왔던 인턴 생활을 마무리하고 프로 세계로 들어가고 있는 나를 보았다.

세상이 불공평할지 모르지만 실력은 정직하다. 시간의 차이는 있을지라도 내가 한 만큼 반드시 내가가 주어진나. 나는 앞으로도 계속 인턴처럼 열심히 할 것이다. 그 말은 익숙한 자리에 있지 않고 계속 뭔가를 저지르겠다는 나와의 다짐이다. 100% 확신이 없고 주변의 지지를 받지 못하더라도 관심 있는 분야가 있다면 일단 그 안으로 풍덩 빠져보련다. 유리 벽 안에서 바라만 보는 나보다는 비바람 맞으며 직접 경험할수록 확신이 더 생기는 나를 만날 수 있으리라.

나는 오늘도 새로운 불편함을 맞이할 준비가 되어 있는가? 하는 질문을 던지며 하루를 시작한다.

세상의 불편함
다 받아줄게

67

선물 같은 나의 삶

학교 다니던 내내, 직장에서 일했던 수많은 시간 중에서 '나 정말 최고야!', '완전 만족이야!'라고 느꼈던 적이 있던가? 정말 솔직히 얘기해서… 별로 기억나지 않는다. 항상 주변에는 잘나고 더 많이 가진 자들이 넘쳤다. 그런데 놀랍게도 부족하고 모자란다고 생각하는 나의 삶을 동경하고 부러워하는 누군가가 세상에 있다는 것이다. 뭐 이런 얼토당토않은 일이…. '아니 왜 나를?' 뒤집어 생각해 보면 내가 동경하고 부러워하는 사람들도 끊임없는 부족함에 괴로워하는 것을 보며, '사람은 참 주관적이다'라는 사실을 알았다.

이렇게 살다 보면 아무도 행복한 사람이 없다. 우리는 모두 실패자로서 인생을 마감하게 된다. 그렇게 생각하면 솔

68
꼴등하다 버클리 간 글로벌 노마드

직히 억울하다. 누구를 위한 삶이란 말인가?

이혼 후 얻은 빚과 사업의 실패로 집도, 차도 없고, 은행 잔고도 두둑하지 않았다. 누군가는 나를 보고 도대체 그 나이 되도록 인생 헛살았다고 솔직하게 표현도 했다. 어떤 이는 고생한 대가를 반드시 받을 것이라고 위안도 건넸다. 하지만 한 가지 분명한 점은 있었다. 경제적인 풍요는 없지만 열심히 살면서 차곡차곡 쌓인 보석 같은 삶의 경험과 노하우 덕분에 마음은 편했다.

세상의 기준으로는 부자가 아니었다. 하지만 생판 모르는 사람과 인사도 잘하고, 황당한 상황을 만나도 차분할 수 있었다. 아는 사람 한 명도 없는 곳으로 혼자 여행 가는 것도 두렵지 않았다. 누가 묻지 않아도 도움이 필요한 곳에 손을 내밀 수 있는 여유와 도움을 청할 수 있는 두꺼운 낯짝을 가지게 되었다. 오히려 잃을 것이 없으니 자유로움을 느끼는 아이러니한 상황이었다.

인생을 사는 과정 중에는 내가 제대로 잘 가고 있는지 정확히 진단받을 수는 없다. 역사에서 보듯이, 현재 존경받는 예술가나 정치가들도 실재 그들이 살았던 당시에는 인정받지 못하는 경우가 많았다. 결국 중요한 것은 미래를 확인할 방법이 없으니, 끊임없이 의심하면서 계속 나의 길을 찾아야 한다.

머리카락 한 올이 발가락에 떨어지는 순간, 그 가벼운 무게를 느낄 수 있다는 사실에 감동하고 감사한다. 어떤 일이 일어날지 전혀 모르는 하루를 죽는 날까지 반복해서 마주한다. 없는 것에 연연하지 말고, 불안한 마음에 떨지 말고, 선물 같은 나의 삶을 살고 싶다.

일단 시작하면 이룰 수 있다는 가능성에 더 다가간다. 그것이 바로 내가 할 수 있는 최선의 일이다.

인생은 선물 같은 것

인정과 허락의 굴레

현실에서 인정받지 못할지라도 나는 내가 아닌 것이 아니다.

이름만 들어도 알 만한 대단한 예술가들도 그들이 살았던 시대에 항상 인정받고 대우를 받았던 것은 아니었다. 〈해바라기〉와 〈별이 빛나는 밤〉 등으로, 오랫동안 전 세계인의 사랑을 받고 있는 빈센트 반 고흐Vincent Van Gogh는 살아생전 그의 작품을 거의 팔지 못했다. 보기만 해도 사랑에 빠질 수밖에 없는 〈키스〉를 그린 구스타프 클림Gustav Klimt 역시 동시대의 성향을 거부하고 자기 멋대로 예술을 한다고 찬밥 신세였다. 현대 미술의 아버지라 불리는 폴 세잔도 생전에 주류 미술계에서 인정받지 못했다. 그는 평생 낮은 자존감을 가지며 '실패한 화가'로 살았고, 56세에 첫 개인전을 열었다. 2016년 발표된 영화로 더 유명해진 에곤 실레Egon Schiele는 어떠한가? 화폭에 성의 아름다움을 적나라하게 표현한 그는 그야말로 원조 포르노 예술쟁이였다.

이들의 작품은 그들이 살았던 동시대의 사람들로부터 결코 호응을 얻지 못했다. 오히려 반항아에 미친 사람이라는 억울한 누명을 쓰고 생을 마감한 이들도 있다. 그런 끝이 보이지 않는 고통의 시간과 고독을 온전히 견디면서 자신이 믿는 바를 불도저처럼 밀고 나가기란 쉽지 않았을 것이다. 그런데도 그들은 미칠 듯한 열정이 없으면 위대한 성취는 불가능하다는 불광불급不狂不及의 진정한 의미를 알고 있었기에 후대에 인정받고 승리한 것이다.

여행할 때마다 반드시 놓치지 않고 그 지역의 박물관을 둘러본다. 자연경관이나 식당 또는 유명한 곳을 찾아보는 것도 그 도시를 이해하는 방법이 될 수 있다. 그리고 도시가 또는 나라가 존재해 왔던 역사의 숨소리를 들어보는 것도 참 좋다. 모태 신앙으로 엄마 뱃속에서부터 천주교를 가슴에 안고 태어났지만, 성장하면서 그렇게 진실한 신자가 되진 못했다. 그런 내가 인간의 한계를 넘어선 신이 정말 존재했을 수도 있다는 믿음을 가지게 된 것은 유럽에 있는 박물

2부. 잘할 수 있을지 확신이 없는 그대에게

관과 도시에 세워진 고대의 흔적을 보면서부터였다.

그것은 상상할 수도 없는 광대함과 도저히 말로 형용할 수 없는 위대함을 보여주었다. 탄성이 나도 모르게 터져 나왔다. 그 옛날 원시적인 몇 가지 도구만을 가지고 인간의 힘으로 이런 엄청난 작품들을 만드는 것이 가능하단 말인가? 말도 안 돼….

작품을 설명해 주던 전문가들에 의하면 그런 위대한 작품을 남긴 많은 예술인이 생존과 생활을 위해 어쩔 수 없이 권력자가 원하는 작품들을 만들었다고 한다. 그리고 혼자서 시대가 받아들일 수 없는 본인만의 작품 세계를 개척했다고 한다. 그렇게 탄생한 작품들이 후대 예술계에 큰 영향을 미치고 그들의 사후에 인정받았다고 했다.

나는 사회가 정해 놓은 '잘 사는 길'이나 '성공의 길'을 택하지 않았다. 인생의 대부분을 수많은 의심과 무능력하다는 화살을 끊임없이 받으며 살았다. 마음속으로 방탄조끼를 몇 개는 갈아입은 느낌이다. 이벤트 회사의 CEO 자리를 내려놓고 바리스타라는 직업을 택했을 때, 그 나이에 젊은 아이들이 일하는 곳에서 푼돈을 번다고 등 뒤에서 소나기 같은 편견 세례를 받았다. 나를 걱정해서 하는 말이라고 넘겼다. 하지만 유쾌한 느낌은 아니었다. 아무렇지도 않은 척을 해도 인간의 마음은 약해서 속으로는 상처를 입는다.

커피라는 매력에 퐁당 빠진 이유 하나만을 가지고 묵묵히 긴 트레이닝의 시간을 버텨 나갔다. 시간이 지날수록 커피 만드는 기술은 당연히 최고점을 찍었다. 새로운 바리스타가 잘 적응할 수 있도록 트레이닝을 하며 그들이 회사에 잘 적응하도록 도와주는 포지션을 맡게 되었다. 개인사가 복잡한 여러 젊은이들과 소통하면서 어느새 그들의 언니, 누나, 또는 대모라고까지 불리며 그들의 멘토 역할까지 하게 되었다.

그들은 각자 참으로 독특한 색깔을 가지고 있었다. 그런데 그것이 얼마나 멋지다는 것을 모르고 있었다. 주변의 또래 친구들과 다른 특별함을 부담스러워했고, 그것들을 세상에 드러내기를 두려워했다. 6년이라는 시간을 거의 매일 젊은 그들과 생활하면서 나의 10대 20대를 돌아보는 시간을 많이 가졌다. 내가 그 나이였을 때 누군가 지금 그들에게 나눠주는 관심과 세상의 진실을 알려줬더라면 덜 상처받고 자신감 있게 내 길을 찾았을 텐데….

역사 속의 많은 예술가들이 대중의 인정을 받지 못했다. 하지만 그들이 결코 능력이 부족했던 것이 아니다. 그들의 성향이 남들보다 독특했을 뿐 그들이 부족해서가 아니다.

이런 이야기를 나누면서 그들의 마음 근육이 조금씩 탄력이 붙는 것을 볼 때 참으로 뿌듯했다. 타인에게 내 삶을 인정받고 허락받는 그 지독한 굴레에서 빠져나와야 한다. 내가 나를 인정하는 자기 결정권을 쥐고 있을 때, 진정한 나로 살 수가 있다.

남의 인정과 허락을
받아야 하는가?

Created by Eunice Bae

조금 미치면 어떤가?

영화 라라랜드에서 주인공 미아Mia가 자신의 인생을 완전히 바꾸어 버린 오디션에서 이런 노래를 부른다.

… Embracing a little bit of craziness or unconventional thinking is necessary to open ourselves up to new experiences and possibilities. It suggests that by stepping outside of our comfort zones and taking risks, we can discover new paths and directions in life that we may have never imagined.

조금의 미친 듯한 행동이나 전통적이지 않은 생각을 받

아들이는 것은 새로운 경험과 가능성을 열기 위해 필요합니다. 본인의 안락 지대를 벗어나 위험을 감수한다는 것은, 우리가 평소 생각도 못 했던 인생의 새로운 길과 방향을 발견할 수도 있다는 것을 알려줍니다.

- 영화 라라랜드의 삽입곡 〈The Fools Who Dream〉 중에서

영화를 보면서 '세상에나… 내가 하고 싶은 말 다 하고 있네' 하며 감탄했다.

"그래 바로 저거야!"

이런 도전적인 정신을 누군가에게 마구마구 알리고 싶다는 생각이 드는 가사였다. 모두가 줄을 서서 영혼 없는 좀비처럼 한 방향으로만 간다면 인생이 나만을 위해 준비한 특별 이벤트를 만날 가능성은 희박해질 수밖에 없다. 그리고 필요 이상으로 다수가 한곳에 왕창 몰려 있으니 실속 없이 경쟁은 또 얼마나 많은가! 그것도 모자라 내가 별 관심도 없는 분야에서 열정을 쏟고 승부를 내야 하는 경우라면 많이 억울하다.

아직 세상이라는 곳으로 떠밀리기 전이고, 큰 장애물도 모르고 그저 본인의 미래를 막연히 상상하던 시절이 청소년기였다. 그때 문제집하고 씨름만 하는 것이 아니라 세상의

여러 일들을 간접적으로나마 접하는 기회가 있다면 어떨까? 대학 진학이나 새로운 커리어 결정에 그나마 도움이 될 수 있을 텐데…. 왜 그런 중요한 기회를 주지 않는지 안타깝다.

개인적으로 독일의 실용적인 교육 제도에 많이 동감한다. 초등학교에서 상위 학교로 진급하는 과정에 '진로 탐색 기간'을 갖고 상담 후 인문계로 갈지 실업계로 갈지 또는 좀 더 두고 볼지를 결정한다. 너무 어린 나이에 큰 결정을 해야 하는 부담은 있다. 하지만 학생들이 경험하면서 인문계에서 실업계 또는 그 반대로도 이동할 수 있으니 절대적인 것은 아니라고 한다.

'미래와 진로를 생각할 시간'을 가져 본다는 부분이 나의 마음을 확 끌었다. 당연히 제도 안에서도 장단점이 있고 지역마다 운영하는 방식이 조금씩 다르긴 하다. 하지만 실업계나 공업계 학교를 등한시하거나 그들의 희망 사항과 상관없이 성적순으로 대학이라는 틀 안에 몰아넣는 우리 교육 방식에 안타까움을 느낀다. 그 대표적인 실패 사례가 바로 나다. 주입식 교육에 적응하지 못했고, 남의 등수를 올리는 일이 내가 주로 했던 일이었다.

다행히 세상이 빠른 속도로 변하고 있다. 소수만 알고 있었던 정보들이 인터넷과 테크놀로지의 발달로 누구나 접근이 가능하게 되었다. 그리고 굳이 대학교나 전문적인 학교를 가지 않아도 배우고 싶은 것을 충분히 공부할 수 있는 시대가 왔다.

온라인 네트워크의 확장으로 학교나 특정 그룹에 소속된 관계보다 훨씬 넓은 인맥을 글로벌하게 연결할 수 있는 구도로 변하고 있다. 실리콘밸리의 많은 회사들도 새로운 세상에 발맞춰 빠르게 움직이고 있다. '대학교 졸업장은 입사하는데 더 이상 중요하지 않다. 당신이 얼마나 창의적이고, 호기심이 많고, 열정적인 리더인지 그리고 실력을 갖추고 있는지만 증명하면 된다'라고 한다.

학벌이나 백그라운드보다도 어떤 일에 얼마나 제대로 미쳤고, 실력을 쌓았느냐에 따라 미래가 결정되는 시대이다. 국내로 나를 한정할 필요도 없다. 한 가지에만 평생을 바칠 필요도 없다. 관심 있는 대상을 끊임없이 찾는다. 언제든 새로운 세계로 향하는 마음의 문을 열고, 눈앞에 보인다면 거기에 좀 미쳐 보는 것이다.

최근에 아픈 후에 하는 재활 운동이 아니라 아프지 않기 위해서 하는 예방 운동에 관심을 갖게 되었다. 취미로 하는 것이 아니다. 이런 것들로 은퇴 없이 내 삶을 건강하게 연장하고 싶은 목표를 가지고 진지하게 배우고 있다. 나이 들었다면서 배우는 일에 망설이는 사람들이 주변에 많다. 배움을 놓는 순간 퇴보는 시작된다.

안전하고 안락한 지대를 벗어나 위험을 감수할 때라야 새로운 기회의 문이 열린다. 마치 두발자전거를 처음 배울 때는 잡아 주는 이가 필요하지만 혼자서 자전거를 타기 위해서는 잡아주는 이가 손을 놓아야 한다. 안전지대를 벗어나야 한다. 편한 곳을 뛰쳐나와야 한다. 사회의 고리타분한 편견을 끊어야 한다. 새로운 기회를 찾아 혼자 떠날 용기를 내야 한다. 변화와 성장은 한계를 넘어설 때 시작된다.

오늘도 내가 좋아하는 일에 좀 더 미치면 어떤가?

에이아이 IArtificial Intelligence와 나

AI가 세상에 나오면서 이전과 이후의 세상으로 분리된 느낌이다. 마치 컴퓨터 전과 후, 핸드폰 전과 후의 삶이 엄청나게 달라졌던 것처럼 이것 역시 역사에 큰 파동을 일으키고 있다. 물론 컴퓨터 전공을 하는 사람들과 이해도는 다를지 모른다. 하지만 비전공자들도 전문학교에 가서 코딩을 몇 년 배우고 그 신기한 언어들을 익히지 않아도 AI의 도움으로 많은 일을 할 수 있는 기회가 열렸다.

코비드가 세상을 뒤덮었을 때, 본의 아니게 집에 갇혀 있는 시간이 많았다. 초봉부터 큰돈을 벌 수 있다는 코딩 부트 캠프에 잠시 기웃거렸다. 그런데 그 엄청난 수업료는 둘째치고라도 그 세계에 나를 집어넣으려 할수록 정나미가

속수무책으로 떨어졌다. 한 걸음 다가가려 할 때마다 마음은 벌써 열 걸음이나 떨어져 있으니 도저히 붙어있을 방법이 없었다. 인간적으로 나는 그쪽 DNA가 없는 것 같다. 이해하려 해도 안 되니 자연히 그 세계는 내 인생에서 멀어지게 되었다.

다행히도 나는 테크 교육과 관련된 회사에서 일하고 있다. 그러다 보니 기술적으로 직접 할 수 있는 것은 많지 않아도 이것저것 주워듣는 것은 좀 빨랐다. 실리콘밸리에 단기 연수를 받으러 온 카이스트 학생들과의 수업 중에 교수님이 Chat GPT 내용을 얘기했다. 바로 이용해 보았다.

인공 지능 컴퓨터와 인간이 글로 대화할 수 있었다. 그동안 영어 문법 때문에 얼마나 글 쓰는 게 어려웠는지 모른다. 그런데 이 신기술은 최소한 글쓰기에서만큼은 수많은 이민자가 그동안 받은 수모를 어느 정도 해결해 주었다. 노벨 평화상 후보에라도 올리고 싶다. 심지어는 미국인들도 문법 체크는 물론이요, 상황에 따라 같은 글을 격식 있게 또는 아예 초등학교 수준으로 작성해 달라고 요구하며 잘 쓰고 있다. 글쓰기에 대한 인간의 스트레스 해소에 어느 정도 기여하고 있음이 분명하다.

나는 한 번도 제대로 된 미술 수업을 받아 본 적이 없다.

인문계 학교에 다녔고, 특별한 재주가 없어서 예술 쪽은 늘 언감생심이었다. 그런데 이 새로운 기술은 글로 지시만 잘해도 자기가 알아서 그림을 창작해 주었다. 그 말은 곧 나 같은 평범한 사람도 과학의 도움을 얻어 예술가의 삶을 살짝 넘볼 수도 있다는 것이다. 예술과 테크 쪽은 내가 감히 넘볼 수 없는 세상이라 생각했다. 그런데 이제는 손만 내밀면 언제든 내 쪽으로 넘어올 준비가 되어 있었다.

많은 이들이 기술의 발달에 따라 로봇들이 인간의 직업을 대치하게 될 것이라며 걱정하였다. 그래서 한쪽에서는 이 신기술을 너무 빨리 말고 좀 천천히 받아들여야 한다는 의견도 있다. 인간이 주문받던 일들이 자동 주문 키오스크로 대치가 되고, 음식을 나르는 일도 기계들이 대신하고 있다.

햄버거를 굽거나 커피를 내리는 로봇도 더 이상 신기하지 않다. 해저 탐사나 전쟁 지역 등 아주 위험한 곳에도 사람 대신 로봇을 착착 배치하는 현실을 보면서 점점 인간이 할 일이 없어진다는 걱정도 이해가 된다. 하지만 그렇다고 급속하게 변하는 현실에 눈을 가린다고 비켜 갈 수 있는 것은 아니다. 오히려 이런 기술의 발달로 인해 앞으로는 정년이라는 말이 없어질 것으로 생각한다.

전통적으로 인간은 인생의 대부분을 노동하고 그 대가를

받으며 삶을 유지해 왔다. 내가 해석하는 정년의 의미는 이렇다. 나이가 들수록 이전과 비슷한 에너지를 내기가 실질적으로 불가능하다. 그러니 노인이 되었을 때 일선을 떠나 편하게 살다가 삶을 마무리하는 것이 좋다는 배려처럼 보이는 사회적 강요이다. 그런데 컴퓨터 한 대만 가지고 언제 어디서든 일할 방법이 있다면 나는 죽을 때까지 직업을 가질 것이다.

60대 초반부터 오랫동안 해 오던 일을 슬슬 정리하거나 사회로부터 분리하는 준비를 하는 대신에 100세 시대에, 40년이나 더 늘어난 시간 동안 얼마나 더 흥미 있는 일들을 하면서 살지를 생각하면 벌써 신이 난다. 내가 속한 어느 그룹의 회원 한 분이 이런 말씀을 하셨다. 60세가 넘었을 때 다음과 같은 세 가지 선택지가 있었다. 그냥 집에 눌러앉을까? 여행을 다닐까? 이 나이에 새로운 뭔가를 시작해야 하나? 그러다가 아주 명쾌한 해결책을 찾았다고 한다. 그 답은 주저 없이 주민등록증에 있는 나이에서 20살을 잘랐다. 그랬더니 모든 고민이 사라졌다고 한다. 망설이던 새로운 일을 바로 시작했고, 1년이 지난 지금은 조금씩 그 계통의 전문 분야로 입문하기 시작했다고 한다.

주변의 내 나이 친구들에게 AI를 얘기하면 그런 게 뭐냐고, 어렵다고, 하나도 알아들을 수 없다고 한다. 그러면서 우리 나이에 젊은이들 도저히 쫓아갈 수 없으니 꿈도 꾸지 말라고 당부까지 해도 나는 아랑곳하지 않는다. 나의 경쟁자는 나이가 아니다. 뭔가를 잡고서 꾸준히 하는 사람들이다. 꾸준함은 반드시 실력으로 보답하기 때문이다.

고도의 지식과 교육을 요구하는 분야도 있다. 하지만 기본 콘셉트를 이해하고 미칠 정도로 연습만 하면 잘할 수 있는 분야가 AI 세계라고 믿는다. 유튜브에 올라와 있는 수많은 AI 교육 영상들이나 온라인 교육 플랫폼 등에서 들을 수 있는 전문 교육을 통해 현재의 똥손 유니스가 금손의 유니스로 탈바꿈하는 일을 꿈꿔본다.

물론 하다가 이해가 안 되고 장애물도 생기겠지만 그래도 멈추지 않을 것이다. 아인슈타인의 상대성 이론처럼 모든 일은 생각하기 나름이다. 어떤 각도에서 그것을 바라보느냐에 따라 이 세상 판은 완전히 달라질 수 있기 때문이다.

Created by Eunice Bae

꼴등하다 버클리 간 글로벌 노마드

원한다 싶어서 했는데,
내 맘대로 안 되어 좌절하고 있는
그대에게

커피와 진상 손님

많은 콤플렉스를 이겨 내고 또 이겨 냈는데 왜 자기 불신의 늪에서 벗어나지 못하는 것일까? 그건 바로 내가 편한 삶보다는 새로운 일을 자꾸 벌이고 있다는 뜻이다. 뭔가 좀 익숙할 만하면 나는 그것들을 뒤로 살짝 밀어 놓고 딴짓하기 시작한다. 잘하지 못하는 뭔가를 다시 시작할 때 초반에는 짜증이 난다. 익숙하지 않은 공간이라 쾅 하고 떨어져 아프고, 쪽팔리고, 기분이 바닥을 휘몰고 다닐 때가 대부분이다. 하지만 다시 후다닥 일어난다.

'양자 도약' 이론처럼 처음에는 쏟은 만큼의 결과물이 나오지 않는다. 하지만, 그 노력이 오랫동안 이어졌을 경우 어느 순간 공들인 것보다 몇 배의 폭탄 같은 결과를 얻을 수 있다. 그런데 그 폭발적인 에너지를 만들기 위한 꾸준한 노력과 인내는 바로 나의 몫이다. 많은 사람이 오랫동안 참고 노력하다 결과를 보기 바로 전에 포기한다. 과정을 즐기는 것보다 결과에 연연하면서 본인 스스로 시간에 제약을 두기 때문이다. 언젠가 때가 되면 결과가 나올 것이라는 마음으로 철저히 그 과정을 즐기는 여유를 가져야 한다. 그런데 유혹이 너무 많다.

내가 일했던 커피 회사는 에스프레소 기계를 사용하지 않았다. 손님이 주문하면 커피콩을 직접 갈아 뜨거운 물로 살살 내려 주는 드립 커피 전문이었다. 게다가 손님이 알아서 설탕과 크림을 타 먹는 것이 아니었다. 그들의 기호를 파악한 후 세상에 단 하나뿐인 그녀 또는 그를 위한 커피를 만드는 것이 바리스타의 역할이었다.

미국에서 20여 년을 살았지만, 커피를 그렇게 다양한 방법으로 마시는지 전혀 몰랐다. 주문 방법도 참으로 여러 가지였다. 미국에 처음 와서 영어 때문에 한참 헤매던 상태로 다시 돌아간 느낌이었다. 주문받으며 대화하는 법을 새로 익혔다. 그냥 기계로 똑같이 찍어내는 커피가 아니었다. 손님 한 명 한 명이 원하는 대로 커피 사이즈, 당도, 크림까지 완벽하게 조화를 이루도록 하는 경지에 오르기까지 몇 달이 걸렸다.

개인의 기호에 따라 백 가지도 넘는 다양한 커피를 완벽하게 만들기까지 얼마나 속상했을지 아무도 모른다. 아무리 공부해도 잘 기억나지 않는 레시피들이 있었다. 내가 만든 커피가 맛이 없다고 일부러 다른 바리스타한테 주문하는 손님들도 있었다.

컵 위에 손님의 이름을 적어야 하는데 어쩌면 그리도 희한한 이름들이 많은지…. 솔직히 커피숍에 가는 자체가 두려웠다. 그러다 보니 당연히 즐겁고 멋져 보일 것이라는 환상이 사라지면서 '제발 아파라, 그래야 일 좀 빠지지'라는 상태까지 가게 되었다.

내 머릿속에서는 난리가 났다. '당장 때려치워! 돈도 얼마 못 버는데, 나중에 심장병 걸려서 병원비가 더 나오겠다!' 그래도 나는 그냥 버텼다. 매번 느끼는 무능함의 고통을 즐기며, 실수하고 또 실수하도록 나를 내버려 두었다. 어느 날 같은 커피를 3번이나 다시 주문하는 진상 손님을 만났다. 우리 커피 가게는 손님이 자기 커피를 맘에 들어 할 때까지 만들어 준다. 그 손님을 만나면서 '여긴 내가 넘을 수 없는 산이구나'라는 순간을 느꼈다.

그만두고 싶은 마음만 가득하고 결코 일어나고 싶지 않은 마음을 잘 다스리며 출근했다. 그런데 뜻밖의 소식이 나를 기다리고 있었다. 직장 상사는 내가 만났던 그 손님은 누구도 만족시킬 수 없는 '악명 높은 사람'이라는 것을 알고 있었다. 그녀는 내가 이 까칠한 고객을 어떻게 대하는지 보고 싶었다고 했다. 그녀는 무한한 인내로 최선을 다하던 나에게 점수를 주었다. 그리고 나를 새로운 바리스타 트레이너로 인정해 주었다.

최선을 다했고, 욕심을 내려놓았을 때 기회가 온다는 것을 실감했다. 만약 내가 더 이상 노력하지 않고 포기했다면 어떻게 되었을까. 이 신나는 직업은 하마터면 '아무리 해도 안 되더라' 종목에 올라갈 뻔했다. 나는 내가 생각해도 정말 멋지고 신나게 일을 했다. 내가 하는 일에 자부심이 있었고, 초롱초롱한 눈망울에 호기심 가득한 새로운 바리스타들을 트레이닝하는 것이 너무 즐거웠다.

시간이 한참 지났고 모두 다른 장소에서 다른 일을 하고 있다. 그렇지만 나는 아직도 내가 가르친 그 친구들과 소통하고 있다. 나는 그들에게 커피를 잘 만드는 것만을 가르치지는 않았다. 그보다 더 중요한 것은 정성을 다하고 사람의 마음을 잘 읽을 줄 알아야 한다는 것이었다. 이곳에서의 경험이 젊은 그들의 앞날에 조금이나마 도움이 되기를 진심으

로 바랐다. 하고 싶은 일인데 원하는 결과가 보이지 않을 때,
나를 살살 달랜다.

　'그래도 아주 쬐~금만 될 때까지 더 해 보자.'

97

내 속도대로 살기

나는 질문을 한 번에 이해하지 못하는 장애가 있다. 남들은 단어 하나만 들어도 질문의 내용을 알아차린다고 하는데 읽어 보고, 또 읽어 보고, 한참을 생각해 본 후에야 감이 잡힌다. 그래도 모르겠으면 내 맘대로 해석하고 답한다. 이해를 잘했어도 그것을 말로 표현하기까지는 한참이 걸린다. 그러니 학교 수업을 제대로 따라가기가 거의 불가능했다.

나한테 시간이 무한정 주어진다면 몰라도, 모두가 똑같이 24시간을 살아야 하는 세상에서 삶이 결코 평탄할 리가 없다. 성격도 대충대충, 이래도 좋고 저래도 좋은 'Don't Worry, Be Happy'이다 보니 열받는 일이 생겨도 후다닥 털고 일어나는 장점은 있었다. 하지만 제대로! 똑 부러지게!

단 한방에! 일을 해결하는 것이 쉽지 않았다.

이렇게 뭐를 하든 시간이 오래 걸렸다. 그러다 보니 익힌 것을 다 소화하기도 전에 새로운 것을 마구 집어넣어야 하는 일반 학교와 사회에서의 생활은 뒤죽박죽이 되었다. 초반에는 시간이 걸리더라도 내 것으로 만들면서 충실히 살고 싶었다. 그런데 시간이 갈수록 과정을 건너뛰면서 이해하다 보니 겉으로는 이해한 듯해도 깊이가 없는 껍데기만 그럴듯한 모양새를 지니게 되었다. 이래서는 안 되겠다는 생각이 들었다. 타인과 비교하는 나를 볼 때마다 나를 자극하는 '열등감'은 YES, 하지만 나를 추락시키는 '열등감 콤플렉스'에는 NO를 하기 시작했다. 그냥 신경을 좀 끄고 내가 이해할 때까지 참을성을 가지고 기다려 주었다.

남으로 만났지만 나보다 더 참을성 있게 기다려 준 사람이 있었다. 바로 케시 파워Kathy Power이다. 아무리 생각해도 인턴으로 나를 뽑아준 건 불쌍한 영혼을 구하기 위한 그녀의 착한 마음 때문이다. 처음 그녀의 이벤트 회사에 인턴으로 들어갔을 때부터 그림자처럼 쫓아다니며 그녀를 챙기는 일을 했다. 나는 그녀의 비서이자 보디가드였고, 그녀 옆에서 행사를 만들어 가는 또 다른 분신이었다. 배우는 속도도 이해력도 느렸지만 그녀는 참을성을 가지고 바닥부터 철저히 나를 가르쳤다. 같은 실수를 여러 번 해서 회사에 피해를 준 일도 있었다. 하지만 그녀는 나의 속도를 존중해 주었고, 포기하지 않았다.

'나를 존중하고 나에게 기대하는 것이 있다면, 그 기대에 부응하는 쪽으로 변하려고 노력하여 결실을 맺는다'는 피그말리온 효과Pygmalion Effect처럼 그녀의 기대에 부응하려고 끊임없이 노력했고, 나의 충심을 다했다.

라스베가스를 떠나 캘리포니아로 다시 돌아간 후에도 그녀는 큰 행사가 있을 때마다 다른 사람한테 쓰는 것보다도 몇 배의 돈을 들여 나를 불렀다. 참을성 있게 나의 시간을 기다려 준 그녀에게 나는 그 누구보다도 믿을 수 있는 오른팔이 되어 있었다. 행사 진행 중에 그녀가 잠깐이라도 편하게 쉴 수 있는 시간은 내가 그녀 대신 그 자리를 지키고 있을 때였다.

작은 실속이 차곡차곡 쌓이면 언젠가는 큰 시너지를 낼 시간이 반드시 온다. 멋진 나를 시도 때도 없이 남과 비교하지 않으려고 한다. 느려 터지더라도 나는 내 시간에 맞추어 꾸준히 노력하면 된다.

내 인생 내 속도에 맞추어 하나씩 차근히

Photo by Gil Seo

3부. 원한다 싶어서 했는데, 내 맘대로 안 되어 좌절하고 있는 그대에게

일단 해 본다

'나는 예술적 재능이 전혀 없다'라는 생각이 늘 머릿속에 자리 잡고 있었다. 그런데 20대 초반에 바네사 메이Vanessa Mae의 멋진 전자 바이올린 연주를 보며 내 영혼을 모두 뺏겨 버린 적이 있었다. 그 이후로 가끔 나를 무대에 올려놓고 내 맘대로 미친 상상을 할 때도 있었지만 한 번도 직접 바이올린을 연주해 볼 생각을 하지 못했다.

예전에는 어림없다고 생각했는데 시간이 지날수록 바이올린에 슬슬 곁눈질하기 시작했다. 그리고 어느 순간부터 '소리가 잘 나오든 안 나오든, 배우는 데 시간이 얼마 걸리든 상관없이 그저 내 흥에 넘쳐서 정말 나만을 위해서 배운다'라는 생각이 계속 자랐다. 사람들은 왜 그 많은 악기 중에서 특히나 제일 어렵다는 바이올린을 선택했냐고 했다. 잘할 수도 없을뿐더러 남들 앞에서 창피당할 것이라며 걱정으로 포장한 간섭을 하기 시작했다. 세상에 참으로 할 일 없는 사람도 많다.

어느 날 글로리아 언니가 오랫동안 사용하지 않는 바이올린 하나를 빌려줬다. 본인이 로스쿨을 졸업하고 변호사 일을 해서 번 첫 월급으로 20년 전에 산 바이올린이었다. 오래된 바이올린을 왼쪽 어깨에 살짝 걸치고 나름 폼을 잡던 날의 감동이 아직도 느껴진다. 어떻게 잡는지 켜는지조차 모르지만 가슴이 마구 진동했다. 눈을 감으면 머릿속에서는 바네사 메이의 연주가 들렸고, 현실에서는 깽깽이의 처절한 울림이 퍼졌다. 하지만 바이올린을 안고 있는 그 자체만으로도 가슴이 뛰었다.

악보도 읽을 줄 몰라서 유튜브를 보며 온갖 손가락을 다 놀려보고 선들을 여기저기 튕겨 보았다. 그렇게 익힌 소리를 가지고 〈반짝반짝 빛나는 작은 별〉의 첫 한 소절을 독학한 후 언니 앞에서 미니 콘서트를 선보이던 날, 통 큰 글로리아 언니는 나에게 그 바이올린을 선물로 주었다. 언젠가는 유럽의 어느 거리에서 내 맘대로 바이올린을 켜서 푼돈을 벌어 보는 것이 내 버킷리스트에 있다는 것을 그녀는 알고 있었기 때문이었다.

남들이 생각해도 내가 생각해도 절대 가능할 것 같지 않은 일이지만 그러든 말든 그냥 원하는 방향으로 한 걸음을 옮겨 본다. 일단 잘해야 한다는 강박관념을 떠나서 배우는 과정 자체, 그리고 연주하는 동안 내가 얻는 즐거움만을 생각했다. 소리가 내 맘대로 나오지 않아도 괴롭지 않았다. 시도를 계속하다가 언젠가는 바이올린을 포기할 가능성도 있지만 반대로 지금부터 한 10년 후에 작은 무대에서 독주회를 하고 있을 수도 있지 않은가?

살면서 이루어 온 것들은 내가 시도했던 수많은 일 중에서 간신히 성공한 몇 가지 것들이다. 그나마 그렇게 저질렀으니 몇 개라도 건질 만한 일들이 생긴 것이다. '뭔가 느낌이 왔을 때 웬만하면 일단 저질러 본다'가 나의 신조이다. 그 때문에 남의 눈에는 뜬구름을 잡는 이상한 사람으로 여겨지기도 했다. 그러나 직접 시도해 보지 않고 머리로만 이리저리 잣대를 굴리는 것은 인생을 올인해서 사는 삶이 아니다. 일단 그걸 뜬구름 상태로 영원히 남기든지 아니면 생명을 불어넣든지는 결국 나의 선택이다.

아직 폼나는 음악 하나 연주하진 못하지만 바이올린 활을 손에 쥐고 위아래로 움직여 본다는 자체가 참으로 큰 발전이다. 그것이 비록 단 1%의 성취일지라도 나에게는 참으로 큰 성공이고, 그 작은 행보는 100%가 되기 위한 주춧돌이다. 어떤 결과가 나오든 내가 책임지고 안고 가야 하는데, 이왕이면 하고 싶은 것을 하면서 살고 싶다. 그러면 '그때 저질렀어야 했는데…'라는 후회는 안 할 테니까.

결과야 어떻든 하고 싶으면 일단 해 본다

꿀등하다 버클리 간 글로벌 노마드

100% 나 인정

　이벤트 회사를 열었을 때, 깔끔하게 정장을 차려입고 파티장에서 행사를 진두지휘하는 모습을 상상했다. 하지만 사업을 시작했을 때의 상황은 최악이었다. 여러 해 동안 로스쿨 뒷바라지했던 남편이 미국 사법고시Bar Exam 패스에 계속 실패했다. 그와 더불어 경제적인 상황이 정말 좋지 않았다. 두세 가지의 다른 직업을 가지며 하루 24시간을 최대한 일했지만 혼자서 두 명 밥벌이하는 것은 쉽지 않았다. 어떤 날은 차에 휘발유 넣을 돈 10달러가 없을 때도 있었다. 그래도 꿈이 있었고, 내 생애 처음 만든 회사를 잘 살리고 싶은 간절함이 있었다.

　낮에는 화려한 정장을 잘 차려입고 내 이벤트 회사 홍보를 하고 다녔다. 다른 사교 모임에 가서 사람들도 만났다. 이벤트를 같이 만들어갈 관련 회사들을 찾으러 다니면서 그동안 여기저기서 갈고닦았던 기량을 발휘해 제법 CEO 흉내를 냈다. 하지만 밤이 되면 검은 와이셔츠에 검은색 바지와 앞치마를 입고 남의 파티에 가서 일을 했다. 언젠가는 이런 파티를 내가 대행하기를 간절히 소원하면서.

하루는 일을 하다 너무 배고파서 나도 모르게 남이 먹다 남긴 음식을 집어 먹었다. 그 순간 눈물이 왈칵 쏟아졌다. 솔직히 이런 분야에서 오랫동안 일한 사람들한테는 그런 일은 아무것도 아니었다. 보통은 고급 파티에서 일했기에 음식도 맛있었고, 어떤 사람들은 정말 깨끗이 먹은 경우도 많았다. 접시 치우고 오다가다 하면서 하나씩 집어 먹는 것은 아무렇지도 않은 일이며, 생존의 또 다른 방법이었다. 하지만 음식은 앉아서 제대로 먹어야 하고, 밥 먹을 때는 개도 안 건드린다는 말처럼 서서 먹거나, 남긴 음식을 먹는 것에 대한 부정적인 생각이 깊이 주입된 나였다. 이런 행동으로 수치심을 느끼기에 충분했다.

자신의 부족함 또는 풍족하지 못한 환경으로 인한 자격지심은 말처럼 쉽게 사라지지 않는다. 묘한 자존심의 상처는 소유하지 못한 자가 그것을 얻을 때까지 안고 가야 할 무거운 짐이다. 경제적인 어려움으로 인한 인간적인 수치심은 삶의 가치를 상실하게 했다. 매일 저녁 눈이 퉁퉁 붓도록 우는 날이 점점 늘어나기 시작했다. 이렇게 몇 달을 극심한 우울증에 푹 젖어서 인생 바닥까지 나가떨어져 보니까 희한하게도 다시 살아야겠다는 마음이 들기 시작했다.

그전까지 넘쳐났던 불만들이 하나씩 사라지면서, '그래서 뭐 어쨌다고' 하는 빤빤함이 얼굴을 드러내기 시작했다. 그때 나는 깨달았다. 내가 나의 실체를 감추기 위해 얼마나 많은 에너지를 낭비하고 있었는지. 부족한 부분을 솔직히 드러내고 그것에 맞는 해결책을 찾기보다는 보이고 싶지 않은 부분을 덮고 가렸다. 그리고 반짝이를 위에 살짝 뿌려 아무도 실체를 보지 못하게 연막을 치는 데만 급급했다.

힘들어도 내가 살기 위해서는 세상을 보는 눈을 바꿔야 했다. 마음을 다스린다고 환경이 하루아침에 바뀌는 것은 아니다. 여전히 미래는 불투명했다. 삶은 고달프고, 가난했다. 하지만 있는 척, 아는 척하는데 낭비했던 정신과 육체의 에너지를 줄였다. 그러다 보니 진정한 나를 살펴보고 보듬어 줄 수 있는 여유가 생겼다.

나는 항상 강한 모습만 보이고 모든 것을 잘해야 하는 사람이 아니라 실수도 하고, 아픔도 느끼고, 창피함도 느끼는

3부. 원한다 싶어서 했는데, 내 맘대로 안 되어 좌절하고 있는 그대에게

존재였다. 누군가로부터 토닥토닥 위로받고 싶은 인간임을 인정했다. 불필요한 가면을 벗어던지니 속에서 시원함이 느껴졌다. 부족함을 잘 받아들이는 것도 참 용기이다. 그 용기가 결국은 나를 다시 일으켜 세웠다.

쫌만 더!

불귀신이 붙은 것이 틀림없는 것 같다. 그렇지 않고서야 40도가 훌쩍 넘는 불가마 방에서 요가를 거의 매일 미친 듯이 할 수 있었을까? 2년 동안 착실히 그 뜨거운 방에서 흘린 땀은 얼마나 될까? 그런 엉뚱한 궁금증이 떠오르기도 한다.

핫 요가 방은 구린내가 몽실몽실 나는 특징이 있다. 크아~ 아아아 그 땀 냄새. 그 방에 들어가기 위해 반드시 겪어야 할 통행세 같은 것이다. '그걸 못 이겨 내면 들어올 생각하지 마'라고 얘기하는 것 같다. 간혹 열방에서 무리하게 온갖 힘든 포즈를 하려다 실신하는 사람들도 있었다. 그래서 방 입구에 떡하니 경고문이 붙어있다.

"절대 무리하지 말고, 좀 어질어질하다 싶으면 그대로 누위 계셔도 됨. 한번 나가면 절대 다시 돌아오고 싶지 않을 테니 최대한 방에 머무르기를 강추함."

그런데도 매 수업 40여 명의 사람들이 꽉 차 있는 것을 보면 중독성이 강한 운동임이 분명하다.

일단 요가방에 도착하고 땀 한 방울이 쪼르륵 떨어지는 것을 느낄 때면 '역시 오기를 잘했어' 하는 뿌듯함을 느낀다. 하지만, 솔직히 이곳에 오기까지 오만가지 이유를 찾아서 빠져나가고 싶은 마음이 굴뚝 같다. 그래서인지 방문을 조용히 열고 들어오는 사람들의 표정이 꽤 진지하다. 앞으로 90분 동안 건강 고문을 받을 준비를 단단히 하는 중인 것이다. 그 90분 고통의 대가는 거대한 보상을 가져다준다. 바로 원활한 혈액 순환과 잘 사용하지 않는 온몸 이곳저곳 근육을 꼼꼼히 스트레칭하고, 한 양동이의 땀을 뽑아냄으로써 온갖 노폐물을 배출하는 것이다.

강사마다 자신이 프로그램을 짜서 조금씩 다른 포즈를 하는 곳도 많지만, 이곳은 90분에 26가지 다른 동작을 매번 똑같이 하도록 구성되어 있다. 절대 쉽지 않은 자세들이다. 모두가 같은 포즈를 취하려 하지만 각자가 가진 몸의 역량은 많이 다르다. '전사 자세'를 아주 거뜬히 하는 사람이 의외로 '나무 자세'는 영 못하는 경우가 있다. 몸이 전반적으로 유연한 사람도 평소 습관이나 신체 구조에 따라 완벽한 포즈와는 거리가 먼 자세를 하는 경우도 많다.

아름답고 유연하게 모범을 보이는 강사와 달리 우리의 자세는 최대한 비슷하게 만들려고 해도 엉뚱한 모양새가 나온다. 수업 시간 동안 강사들이 하는 일은 우리가 잘못된 방식으로 하는 경우 살짝 고쳐주고, '조금 더 옳지 그래, 조금 더…'라고 열심히 응원하는 것이다. 결코 무리한 요구를 하지 않는다. 기본만 제대로 할 수 있으면 그다음에 얼마큼 많이 더 굽히고 몸을 늘려 본인의 한계를 찾을지 각자 자신의 의지에 따라 결정하는 것이다.

땀이 비 오듯 떨어져서 수건을 바닥에 두세 장 깔아도 모자라는 사람이 있다. 반면에 나같이 아무리 용을 써도 몇 방울 쪼르륵 떨어지는 사람도 있다. 어려운 포즈를 우아하고 쉽게 해내는 사람이 있지만, 쉬울 것 같은 포즈에도 온갖 인상을 다 찌푸리며 고군분투하는 사람도 있다. 이곳이 불가마 요가방이다. 이 방에서 가장 중요한 것은 본인의 몸 상태와 상관없이 90분 동안 최선을 다해서 땀을 빼는 것이다. 그 최선 중에 만들어진 포즈는 최고로 멋있는 작품이다.

내 삶의 중요한 일을 결정할 때, 항상 나보다 반대의 목소리가 훨씬 컸다. 그런 일이 반복되면서 어느 순간부터는 내 마음 가는 대로 일을 저지르기 시작했다. 물론 내가 결정했던 모든 일들이 바라는 결과만을 가져오지는 않았다. 오히려 대부분이 잘되지 않았고, 하고 또 하고 무수히 시도해야 했다. 황금빛 앞날이 눈곱만큼도 기대되지 않는 일이지만 내가 너무 하고 싶은 거라면 그냥 불가마 강사님이 잘 쓰는 방식대로 '조금만 더 옳지 그래, 조금만 더…'라고 타이르며 나아간다. 옳지 그래, 매일 조금씩 더 나아질 수 있는 삶이 있다면 무엇을 더 바라겠는가?

꼴등하다 버클리 간 글로벌 노마드

협업 파워

어떤 날은 눈 뜨면서 에너지가 슈퍼 충전이 되어 있고, 또 어떤 날은 완전 반대로 땅 밑에서 나를 끌어올려야 한다. 철 통같은 강철 멘탈이라고 확신하다가도 흔들리는 갈대처럼 마음이 산산조각 나는 때가 있다. 한번 마음먹은 대로 지키고 꾸준히 해 나가는 것이 참으로 쉽지 않다. 눈앞에 보이지 않는 결과에 희망을 걸고 노력하는 과정에서 수없는 의심, 귀차니즘, 소심증이 나를 혼란스럽게 한다. 그래서 내 삶에는 늘 동맹군 형성이 중요했다.

나는 나에게 너무 너그러울 때가 많아서 그런 나를 다잡아 주는 일을 같은 목표를 가지고 있는 연합군들에 의지했다. 없는 것 같아도 주위를 잘 살펴보면 비슷한 생각을 하는 사람들과 그룹이 의외로 가까운 곳에 있다. 일단 임자를 만나면 순간 자석처럼 찰카닥 붙는 느낌이 든다.

내가 속해 있는 몇 개의 동맹 집단 중 하나가 나를 단 5분이라도 매일 뛰도록 만드는 '꿈꾸는 러너'라는 온라인 커뮤니티이다. 달리기는 건강한 몸을 유지하기 위한 나와의 약속이다. 아무리 힘들어도 최소한 하루에 5분은 뛰려는 이유는 백만 불짜리 마음을 갖는 것도 중요하지만, 백만 불짜리 건강을 지키고 유지하는 것이 더 소중함을 알기 때문이다. 날씨가 영 협조를 안 하거나, 기분이 구겨진 날은 뛰는 것이 아니라 숨쉬기도 귀찮다. 그런 회색빛 날에도 클럽 방 식구들이 응원의 글을 올려준다. 자기도 정말 뛰기 싫었는데 나가 보니 기분 전환됐다는 글 한 줄에는 꺼져가는 에너지를 솟구치게 하는 힘이 있다.

"컨디션이 100%가 아닌 날이 오지만 그래도 계속 달린다. 그래도 괜찮다. 이런 날들이 점점 더 많아질 것이므로 그럴 수밖에 없다. 단지 인식을 못 했을 뿐, 이미 컨디션은 결코 100%일 수가 없다. 그러나 그럴 수밖에 없기 때문에 계속 앞으로 나아간다."

- 마크 롤랜즈 『철학자와 달리기』 중에서

단지 달리기뿐만 아니라 기억 속을 아무리 헤집어 봐도 삶의 컨디션이 100%였던 적이 얼마나 있었는지 잘 생각나지 않는다. 뭔가를 성취해 100% 비슷한 느낌이다 싶으면 다른 뭔가를 더 얻고 싶어 그 컨디션 지수는 바로 곤두박질을 친다. 하지만 이러한 기복이 개인마다 독특한 스토리를 만드는 힘이 아닐까 생각한다.

기복의 골이 깊을수록 드라마틱한 이야기가 넘칠 것이다. 인생이 앞으로가 아니고 뒤로 가는 느낌이거나 지금의 답답한 상황에서 영원히 빠져나올 수 없을 것 같은 날이 있다. 그런 무기력과 무능함이 나를 잡아먹으려고 하는 날에도 두 팔 벌려 그 찝찝한 느낌을 안고 앞으로 나간다. 뭔가를 찾아가는 과정에서 그런 느낌이 오는 것은 아주 당연하기 때문이다. 100%의 컨디션은 그냥 뜬금없이 찾아오는 손님이 아니라 매일 준비해서 만드는 것이다.

벌여놓기만 하고 몇 달째 마무리하지 못한 일들도 있다. 아직도 오리무중인 새로운 커리어 도전도 남아있다. 새로 배우는 기술이 익숙해지지 않아 짜증이 난다. 그리고 마감일이 다가오는 몇 가지 일 처리를 생각하면 오늘 아침의 컨디션 지수는 반을 살짝 넘는 53정도 되는 것 같다. 그럼에도 불구하고 열심히 뛰는 나의 꿈러 동맹군들과 일단 뛰어

본다. 혼자 컨디션은 100%가 안 되어도, 동맹군과의 컨디션 지수를 합치면 늘 100이 훌쩍 넘는다는 것을 알기 때문이다.

3부. 원한다 싶어서 했는데, 내 맘대로 안 되어 좌절하고 있는 그대에게

대중 공포 탈출기

내 주변에 있는 많은 사람이 나는 어느 상황에서든 입만 벌리면 말을 잘한다고 생각한다. 둘이서도 조근조근, 또는 많은 사람이 모인 곳에서도 거리낌 없이 자청해서 노래까지 하는 나를 보며, 낯을 가리지 않는 사람 또는 자포자_{자체 포기}자 - 더 이상 포기 할 것이 없어서 오히려 당당한 사람라고도 부른다.

하지만 나는 조명을 받는 순간, 눈, 코, 입이 모두 닫히는 대중 공포증을 오랫동안 지니고 살았다. 거기다 뇌까지 영업을 안 하는 순간을 마주하게 되면, 정말 최악이다. 대부분의 경우 죽기 아니면 까무러치기로 위기를 모면하지만, 대중 앞에서 뭔가를 해야 하는 순간은 정말 세상에서 사라지고 싶은 순간이다. 왜 무대 앞에만 서면 나는 한 없이 작아지는 것일까?

대중 공포를 벗어나기 위해 많은 책을 읽고, 개인 코칭을 받아 보았다. 하지만 별로 큰 효과를 얻지는 못했다. 그러던 어느 날, 세바시 구범준 PD님의 세바시 대학 〈스피치 코칭〉 수업을 알게 되었다. 평범한 사람들의 감동 이야기를 15분 안에 풀어내는 세바시 프로그램은 기운이 떨어질 때마다 나를 다시 살려내는 일등 공신이었다. 그런 프로그램에서 하는 수업이었기에 더 관심이 갔다. 수업 내용을 접하자마자, 두 번 생각도 하지 않고 등록했다.

용기 크리에이터Creator라 자칭하는 내가 용기 내서 함께 멋지게 살자는 메시지를 세상에 전달하기 위해서 대중 앞에 서기로 마음먹었지만, 내 의지와 몸은 전혀 협업할 마음이 없는 듯했다. 내가 해야겠다고 마음먹었다고, 바로 이루어지는 일은 세상에 없다는 것 정도는 이미 알고 있었다. 4개월 동안의 다섯 번의 스피치 전공 수업으로 큰 변화를 하리라고는 기대하지 않았다. 하지만, 수업 숫자와 상관없이 10여 년 넘게 수백 명의 사람들과 작업한 구범준 피디님의 수업은 내 스피치 역사에 새로운 문을 열어 주었다.

한 달에 한 번 정도 있는 수업을 통해서 난 그분의 대중 스피치 12년 엑기스를 받아들이고 있었다. 나의 메시지를 세상에 알리기 위한 스피치는 선택이 아니라 필수 항목이었고, 그 갈증을 해소하는 탄산수 같은 강의가 환상의 콤비를 이루었다.

나의 이야기를 내 생각으로만 전달하는 것이 아니라, 다른 사람의 입장에서 이해하고 풀어내는 과정들을 배우면서 스토리를 재배열했다. 거기에 감동과 메시지를 잘 전달하기 위한 기술적인 스피치의 구성, 남들과 다른 나만의 스피치 스타일을 진단하고 분석하는 방법을 연구했다. 정말 언제 4개월이 지났는지도 모르게 시간이 지나갔다.

'일단 질러보자'라고 늘 소리치는 나지만, 새로운 뭔가를 시작하거나 내가 잘 못하는 것을 마주할 때는 솔직히 너무 두렵다. 그럴 때마다 내가 쓰는 방법은, 그것을 인정하고 배우면서 익숙해질 때까지 해 보는 것이다.

3부. 원한다 싶어서 했는데, 내 맘대로 안 되어 좌절하고 있는 그대에게

Photo by Gil Seo

| 4부 |

현실에 지쳐,
죽어가는 열정 살리기

넘치는 기회와 빈약한 선택

여러 유럽 국가 중에서도 특히 이탈리아는 각 도시마다의 특색이 강한 나라이다. 워낙 역사도 길고 도시에 따라 관리 방법이나 추구하는 예술성도 다르다. 그러다 보니 한 나라 안에서도 서로 다른 독특한 분위기를 가지게 된 것 같다. 거리 자체가 박물관이라는 말을 실감할 정도로 무아지경으로 빠지게 하는 예술의 위대함이 있는 도시가 있다. 그리고 바로 옆에는 마음을 다 내려놓고 그저 편하게 안기고 싶은 자연의 도시가 있는 곳이 이탈리아다.

울퉁불퉁 돌바닥과 파란 물에 반사된 빛으로 도시 전체가 더 밝게 느껴졌던 곳이 바로 물과 건물이 함께 어우러진 베니스Venice였다. 영화 속에서 많이 봐왔던 장소들이었다. 그런데도 직접 두 발을 디디며 그곳을 둘러본 느낌은 마치 텔레비전 세트 안에 들어가 있는 것처럼 생동감이 느껴졌다. 현대 기술로도 만들기 힘들 것 같은 이런 물 위의 도시를 천년 전에 어떻게 만들 수 있었는지…. 선조들의 장인정신과 희생정신에 감사했다. 그리고 조금씩 가라앉고 있다는 그 아름다운 도시에 혹시라도 나의 무게가 더해질까 한발 한발을 조심스럽게 옮겼다.

베니스를 떠나 옮겨 간 곳은 우리가 너무나 잘 아는 레오나르도 다빈치, 미켈란젤로, 라파엘로, 보티첼리 등 엄청난 예술의 대가들을 배출한 르네상스의 본고장 피렌체Firenze였다. 아트 인문학에서 절대로 빼놓을 수 없는 그림들과 조각 작품들이 그야말로 넘쳐나는 이곳에는 숨쉬는 것조차 깜빡 잊게 할 정도로 웅장한 산타마리아 델 피오레 성당이 있다.

요즘처럼 크레인이 있었던 것도 아닌 천 년 전에 어떻게 인간의 손으로 돌 하나씩 얹어서 이런 대작이 나올 수 있는지 생각했다. 인간의 한계는 어디까지일까? 혹시 나는 내 한계를 너무 낮게 생각하고 있는 것은 아닌가 묵상했다. 이 세상에 태어날 때는 그 어느 것도 내가 선택할 수 있는 영역이 아니었다. 하지만 일단 태어난 다음부터는 내가 바꿀 수 있는 것은 많다. 본인의 가능성을 믿고 해내는 실행력에 따라 각자의 성과가 달라지는 것이다. 작품이 마무리될 때까지 시간이 너무 오래 걸려서 죽기 전까지 작품을 완성하지 못하고 눈을 감는 예술인들도 있었다. 하지만 그들은 개의치 않았다. 왜냐하면 본인의 신념대로 살아있는 순간에 최선을 다했고, 작품은 본인들을 대신해 역사 안에서 계속 살아 있을 것이리 믿기 때문이었다.

피렌체를 방문하면 잠시라도 꼭 가봐야 할 곳이 있다. 바로 피사Pisa이다. 해안에 면한 입지 조건을 살려 한때는 유럽 국가들과 이탈리아를 연결하는 주요 도시로 부흥했던 피사는 피렌체에서 기차로 약 한 시간 반 정도 거리에 있다. 로마네스크 양식의 절정이라고 할 수 있는 피사 대성당과 연식이 오래된 고딕 양식의 건물이 많기로 유명한 아름다운 곳이다. 현재는 그 건축물보다는 부실 공사로 본의 아니게 더 유명해진 피사의 사탑 덕분에 후세가 먹고살고 있는 지역이다.

이 피사 지역은 웅장한 피렌체와는 너무나 다른 이탈리아의 코믹스러움이 느껴지는 상큼한 도시이다. 원래 계획대로라면 똑바로 올라가야 할 대성당 옆의 사탑이 높이가 올라갈수록 이유 없이 기울어지기 시작했다. 원인은 약한 지반에 높은 탑을 올리다 보니 더 부드러운 쪽이 서서히 기울기 시작한 것이었다. 200여 년이 걸려서 완성된 사탑을 빨리 보수하려 했다. 하지만 전쟁 등의 이유로 600여 년 동안 꾸준히 보수가 이어졌다. 건축학자들은 아마 보수가 빨리 진행되었다면 지질의 상태로 보아 사탑이 무너졌을 가능성이 크다고 한다. 오랜 시간이 지나면서 땅이 단단히 다져져서 지탱할 수 있었다는 것이다.

건축이 시작되고 보수까지 무려 800여 년이 넘게 걸린 사탑이다 보니 언젠가는 가서 추억의 인증 사진을 찍을 이유가 충분하다. 그리고 도시를 다 둘러본 후 떠나기 전에 그곳 사람들에게 들은 이 한마디에 나는 정말 빵 터질 수밖에 없었다. 마지막 보수 공사가 너무 완벽해 부작용이 생겼다는 것이다. 그것은 탑이 바로 서기 시작했다는 것.

똑바로 서기까지는 한참이 걸리겠지만 그래도 마을 사람들은 관광 수입이 끊어질까 긴장하고 있다는 우스갯소리였다. 이렇게 꼼짝 않고 한자리에 있는 건축물에도 수없는 반전의 역사가 있다. 하물며 잠시도 가만히 있지 못하는 인간에게 반전이 일어나는 것은 당연하다. 힘든 일이 있어도 괴로워만 말고, 기쁜 일이 있어도 자만하지 말자. 그저 묵묵히 내 삶의 반전을 만들어 가는 것이 최선이다.

내가 방문한 이탈리아 도시 중에서 가톨릭 종교의 성스러운 분위기를 강하게 느꼈던 곳은 로마에서 북쪽으로 두 시간 떨어져 있는 아시시Assisi였다. 유네스코 세계문화유산으로 지정될 만큼 아름다운 도시 전체가 중세 도시의 모습을 그대로 유지하고 있는 평화로운 동네였다.

수많은 성당과 수도원 속에 신의 도움이 없이는 지어질 가능성이 없다고 불리는 성 프란체스코 성당도 이곳에 있다. 작은 사각형 무채색 돌들이 촘촘히 박혀 있는 골목골목 집들이 어두워 보일 수 있지만, 창가마다 화려한 꽃 화분들을 밖으로 걸어 놓아 조화를 이루었다. 다른 도시들과 다른 특징이 있다면, 이리 보고 저리 보아도 짙은 갈색 투니카Tunica를 입은 수도사와 수녀들이 많이 눈에 띈다는 것이다. 그러니 도시를 걷는 자체만으로도 어찌 성스러움이 느껴지지 않을 수가 있겠는가.

평상시 신앙심이 그리 깊지 않은 나 같은 사람도 이른 아침 첫 미사 때 뜨거운 눈물 한줄기가 볼을 타고 흘러내렸다. 그날 느낀 신에 대한 감사의 마음은 평생 잊지 못할 것이다.

이탈리아 여행의 마지막은 소렌토였다. 아말피 해변을 따라 이탈리아 남단에 위치한 휴양지 같은 도시였다. 특별히 눈에 띄는 건축물이나 예술품을 자랑하기보다는 조그마한 성당들이 여기저기 있고, 작은 피자집과 카페들이 끝없이 펼쳐진 쪽빛 바다를 앞에 두고 옹기종기 모여 있는 소박한 도시였다.

다른 도시에 비해 영어를 쓰는 사람도 많지 않아 오랜만에 이탈리아 로컬 주민들과 함께 어우러져 한가로움을 느낄 수 있었다. 소렌토에서 한 시간 정도 배를 타고 가면 할리우드 유명 연예인들이 별장을 많이 소유하고 있다는 카프리섬에 갈 수 있다. 마침 묵었던 호텔에 투숙객들의 여행을 도와주는 여행사 직원이 있어서 이왕이면 그녀의 도움을 받고 싶었다. 첫인상부터 너무 싹싹해서 내 마음을 단번에 앗아가 버린 20대 후반의 매력적인 여성이었다.

그녀에게 카프리섬에 가려고 하는데 배편과 가야 할 장소와 식당을 소개해 달라고 부탁했다. 그녀는 각종 지도와 홍보 자료들을 보여주면서 하루 동안 아름다운 섬의 구석구석을 둘러볼 수 있는 최상의 계획을 만들었다. 만족한 마음으로 팁을 듬뿍 얹어주며 미팅을 마무리하면서 그 섬에서 가장 좋아하는 곳이 어디냐고 물어보았다. 현지인이 느끼는 솔직한 심정을 듣고 싶은 호기심 때문이었다.

기대를 잔뜩 하면서 답변을 기다리고 있던 나에게 그녀는 전혀 예상치 못한 충격적인 답을 주었다. 자기는 소렌토에서 태어나서 쭉 살았고 카프리는 아직 한 번도 가본 적이 없다는 것이었다. 더욱 나를 놀라게 한 것은 내가 몇 주 동안 방문했던 이탈리아의 다른 도시들도 아직 가보지 못했다고 한다. 세상의 수많은 사람이 엄청난 시간과 비용을 투자해서 가려고 하는 카프리섬이다. 그런데 고작 한 시간도 안 걸리는 곳에 살고 있는 이 여인은 아직 가보지 못했다고 한다. 그곳은 너무 비싸기도 하고 복잡해서 자신이 별로 좋아하는 곳은 아니라면서…. 카프리섬은 상업적인 면모를 갖추고 있기는 했지만, 섬 토박이와 이곳저곳을 돌아본 후의 소감은 엄지 짱을 할 만큼 진짜 매력 있는 섬이었다.

우리가 끊임없이 찾고 선택하는 그 기회들이 항상 멀리만 있는 것은 아니다. 바로 내 주변에 있는데 어쩌면 우리는 너무 가까이 있어서 놓칠 수도 있다. 오늘은 내 주변의 사람과 풍경들을 살펴야겠다. 혹시나 내 선택의 빈약함으로 주변에 있는 풍부한 기회들을 놓치고 있는 것은 아닌가?

4부. 죽어가는 열정 살리기

단능인과 다능인 Multipotentialite

세상의 수많은 사람만큼 직업도 수만 가지이다. 그 많은 직업 중에 자신에게 딱 맞는 직업을 단박에 찾는다는 것은 정말 쉽지 않다. 바닷가 모래밭에서 금싸라기 하나를 찾는 느낌이랄까. 이미 찾은 사람이 있다면 그 사람은 정말 엄청나게 운이 좋다고 얘기해 주고 싶다. 그러면서도 혹시 더 좋아하는 일을 찾을 수도 있으니 항상 기회의 문을 열어두면 좋지 않을까 살포시 던져 본다.

평생 한 가지 직업을 갖는 것이 최고라고 생각하던 때가 있었다. 인생의 대부분을 한 직장에서 생활하며, 그 직업으로 정년퇴직하는 사람을 사회는 존중했다. 그러면서 정년을 기념해 회사 로고를 새긴 시계를 선물하기도 했다. 하지만 세상이 바뀌었다. 수명은 한참 길어졌다. 인터넷을 통해 엄청난 양의 정보가 공유되면서 정말로 많은 선택권을 가지게 되었다. 그와 더불어 직업을 바라보는 관점도 많이 달라졌다. 어떤 사람은 한 직장에서 일하는 것이 좋을 수도 있지만, 여러 방면에서 동시다발적으로 일하는 것을 선호하는 사람도 있을 수 있다. 그게 바로 나였다.

많은 사람들이 '너를 생각해서 얘기한다'라고 말하며, 여러 가지를 건드리니 제대로 되는 것이 하나도 없다고 은근히 독설을 퍼부었다. 참으로 타인의 일에 너무 쉽게 조언한다. 물론 그것들이 다 나쁘다는 것은 아니다. 나에게 정말 도움이 되는 일도 있으니 당연히 고맙다고 하고, 예의를 갖추어 잘 들어야 한다. 다만, 반드시 그것을 받아들일 이유는 없다는 점을 얘기하고 싶다. 각자 성향이 다르니 내게 필요한 것을 선택하면 된다.

나는 어떤 일을 할 때는 정말 최선을 다하는 열정적인 태도를 가졌다. 뛰어난 두뇌가 없으면 성실해야 한다는 생각을 늘 하고 있었다. 다만, 정말 성실하지만 한 가지 일에만 오래 집중하지는 못한다. 책을 읽을 때도 오로지 한 권만 읽고 마무리한 후 다음 책으로 넘어가지 않는다. 종류가 다른 책을 두세 권 놓고 기분에 맞추어 돌아가면서 읽는다.

직장도 한군데 하루 종일 박혀 있는 것보다는 살짝 분위기를 바꾸어 가며 일하는 것이 능률적이다. 특히 공부하거나 글을 쓸 때 조용한 곳에 자리 잡고 진득하게 작업하기보다는 카페나 심지어는 학교 근처의 호프집 같은 곳에서 큰 헤드폰을 끼고 일하는 것이 효율적이다. 정적인 공간은 지루하다. 뭔가 바쁘게 돌아가는 곳에서 나는 희한하게 집중이 잘 된다. 그래서 그런지 이벤트처럼 늘 버라이어티한 일이 일어나는 것이 좋다. 평범한 사무실에서 일할 때는 그것만 가지고는 금방 질려서 다른 부수적인 것을 끼워 넣어야 활기가 돈다.

이런 나를 보면서 사람들은 나름 진심 어린 충고들을 해 댔다. 한 가지에 집중해서 그것만 잘하라고. 아직 인생 경험이 많지 않았던 20대 초반에는 그런 말을 들으면서 혼돈과 고민의 시간을 보냈다. 내 성향은 그들이 말하는 것과 다른데 증명할 방법이 없으니 그저 따를 수밖에 없었다.

에밀리 와프닉의 『모든 것이 되는 법How to be everything』이라는 책을 읽으면서 나에 대한 정의가 명쾌하게 내려졌다. 나는 다능인이구나. 그녀의 책 안에 등장하는 여러 다능인 중에서도 나는 한 가지 일만 가지고는 직성이 풀리지 않는 부류에 속하는 사람이다. 그런 성향을 파악하니 직업을 받아들이는 태도가 더 관대해지기 시작했고, 다양한 일들과 연결되기 시작했다.

자신의 열정을 기반으로 관심 있는 여러 분야에서 일하면서 생계를 책임질 수 있는 나만의 구조화를 이루는 사람. 일하는 업계에서 최고가 되어야만 살아남을 수 있다는 불안감을 던져버리고, 여러 일들을 즐기며 나만의 균형을 만들어가는 라이프 디자이너. 전통적인 관념을 가지고 있는 누군가에게는 실없는 소리처럼 들릴지 모르지만, 직업은 더 이상 내 인생을 걸고 찾아야 하는 단 한 가지의 일이 아니었다. 살면서 여러 친구를 만나는 것처럼 직업도 상황과 경험과 관심사에 따라 바뀔 수도 또는 추가될 수도 있는 라이프 이벤트라는 생각이 들었다.

내가 활동하는 모임 중 하나는 세상에 나 같은 사람만 모아 놓은 '다능인 그룹'이다. 그곳에서는 오대양 육대주에 사는 사람들이 각자 다른 시간대에서 토론하고 정보를 나눈다. 정기적으로 활동하는 회원들이 그리 많은 것은 아니다. 약 300명 정도가 여러 가지 소소한 미팅을 하면서 서로 얘기를 털어놓는다. 그런데 어떤 때는 정말 내 턱을 딱 잡고 있어야 할 만큼 나보다 몇 배나 정신없는 친구들이 많다. 그들의 관심사는 끝이 없고, 하고 싶은 일들도 너무 많다. 남들이 한

두 가지 커리어에 목매달고 있는 사이 그들은 자기 라이프에 끊임없이 도전장을 던진다. 새로운 것들을 찾아 인생 바구니에 계속 추가하고 있다. 이 그룹에서 우리는 앞으로 디지털 노마드로 잘 사는 방법이라든지 각자가 관심 있는 다양한 일들에 관한 이야기를 나눈다. 다른 사람이 가지고 있는 직업들을 배우는 재미도 쏠쏠하다.

디지털 노마드의 삶을 직접 실천하고 있는 회원 중 한 명인 영국인 바바라가 있다. 그녀는 살림을 다 처분하고 남편과 함께 8년째 세상을 떠돌아다니며 살고 있다. 자주 옮기다 보니 소유를 최소화하며 사는 미니멀리스트이기도 하다. 겨울이 싫어서 봄을 쫓아 이동한다는 이 부부는 둘 다 컴퓨터 하나만 있으면 어디서든 일할 수 있는 직장을 가지고 있다.

이 부부가 결코 경제적으로 여유가 있어서 이런 삶을 살고 있는 것은 아니다. 그들이 옮겨 다니며 사는 집은 주로 돈 한 푼 내지 않는 경우가 대부분이다. 애완동물이 있지만 장기적으로 집을 비우거나 개인적인 사정으로 몇 개월 떠나있어야 할 경우가 있다. 누군가 책임지고 관리해 줄 수 있는 사람이 필요한 집을 가지고 있는 사람과 바바라 부부처럼 몇 개월 안정적으로 살 집이 필요한 사람을 연결해 주는 기관을 통해 부부는 자신들의 재능과 시간을 집과 교환하며 살고 있다. 정말 윈-윈의 삶이다.

다능인들 각자의 스토리는 저마다 다르지만, 우리가 모두 공감했던 부분 중 하나는 주변에 우리를 이해하는 사람이 별로 없다는 것이다. 제발 좀 관심의 폭을 줄여서 한 가지만 하라고 지겹게 듣던 소리가 나만 그런 것은 아니었다. 일반 사회에서 별종으로 취급받기도 하는 우리끼리 이야기할 때는 정말 열기가 뜨거워서 한두 시간이 후다닥 지나간다. 다시 단능인 우대 사회로 돌아가야 할 때면 다음에는 어떤 일로 다시 만날까를 기대하며 아쉬운 작별을 한다.

정년이라는 개념이 점점 없어지는 세상이라 어떤 이는 일터를 떠나야 한다고 슬퍼하는 사람도 있다. 하지만 평생 정년은 내 사전에 없다는 마음으로 사는 사람도 있다. 하고 싶은 일이 너무 많아서 늘어난 수명에 더 흥분하게 되는 삶이다. 나를 이해하고 책임지는 사람은 바로 자신이다. 100년 인생을 몇 가지 일에만 치우쳐서 살기보다는 몇 배 증폭해서 다양하게 사는 삶을 생각만 해도 가슴이 두근거린다.

→ 한가지만 하고 살기에는 우리 인생이 참 길다

꼴등하다 버클리 간 글로벌 노마드

인복은 만드는 것

　돈과 관련되는 운은 별로 안 타고난 것 같다. 남들은 가벼운 경품이나 작은 복권도 당첨되건만, 나는 도무지 그쪽과 거리가 멀다. 20명 중에 내 경품 티켓이 5개나 들어가 있고 5개의 선물이 걸려있는데도 난 커피 한 잔도 안 걸린다. 그래서 경품권을 사는 경우는 순전히 자선 단체 행사에서 사심 없이 도와주는 때이다. 나를 너무나 잘 파악하고 있는 덕분에 라스베가스에서 3년을 살면서도 카지노와 친하지 않았던 것 같다.

　금전 운은 그다지 없을지는 몰라도 천만다행으로 사람 복은 타고난 것 같다. 인생 순간순간 도움이 필요할 때, 누군가로부터 아낌없는 도움을 받았다. 그럴 때마다 나한테 물어

보곤 한다.

'그들은 가족도 아닌 나한테 어쩜 이리도 잘할 수 있을까? 내가 그들에게 전생에 좋은 일을 했었나 보다.'

미국에서 살면서 일어난 힘든 일들 대부분은 한국의 가족에게 알리는 것보다 알아서 해결해야 하는 경우가 많았다. 마음이야 다해주고 싶었겠지만, 어차피 한국에 있는 식구들이 이곳까지 날아와서 문제를 해결할 수 있는 경우는 별로 없다. 그렇게 받은 도움을 그들에게 다시 보답할 기회도 있었지만, 그렇지 못한 경우에는 내가 도와줄 수 있는 누군가에게 베풀었다.

훗날 늘 지지해 주던 멘토 한 분이 얘기했다.

"유니스, 사람 복은 저절로 떨어지는 것이 아니라 네가 꾸준히 쌓은 노력의 결과라 할 수 있지. 넌 내가 어떤 프로젝트를 하면서 어려움이 생겼을 때마다 너의 소중한 마음을 주고, 그 일이 해결될 때까지 끝까지 함께 자리를 지켜줬어."

그 말을 들었을 때 나는 실제로 '하나님, 감사합니다'라는 말을 중얼거렸다. 최소한 내가 나쁜 짓을 하면서 산 건 아니구나 생각했다. 물질적으로 많은 것을 나눠 줄 수 있는 상황은 아니었다. 하지만 내가 가지고 있는 시간과 노력, 마음을 퍼 주는 일은 최대한 하려고 했다. 그게 내가 할 수 있는 최선이었다.

정성을 다하는 것과 더불어 또 하나 잘하는 것이 있다. 도움이 필요할 때 요청하는 것도 잘한다. 심지어 내 일이 아니더라도 그렇다. 누군가 도움이 필요한데 내가 해줄 수 없다면 해줄 가능성이 있는 주변 사람한테도 거침없이 물어본다. 그것을 해줄지 말지를 결정하는 것은 상대방 일이고, 내가 할 수 있는 최선은 입을 떼서 물어보는 것이다. 물론 부탁한다고 그것이 모두 받아들여지는 것은 아니다. 거절도 많이 받아 보았지만, 이 넉살 좋은 오지랖은 잘 사라지지도 않고 나에게 꼭 붙어있는 캐릭터이다.

여러 해 전에 두 젊은 친구를 만나게 되었다. LA에 있는 친한 지인이 문자 메시지를 보냈다. NGO에서 열심히 활동하고 있는 친구들이 있는데, 샌프란시스코 쪽에 며칠 머물러야 한다며 혹시 숙식을 제공할 수 있는지 조심스럽게 물어보았다. 부탁하는 분도 신뢰할 수 있는 분이었고, 세상의 아프고 배고픈 아이들을 돕고 있다는 이 젊은 친구들을 만나고 싶은 마음에 바로 YES를 하고 싶었다. 하지만 그 당시 나의 상황은 그들을 받아 줄 공간이 없었다. 그래서 내가 미국 왔을 때 첫 번째 영어 선생님이셨던 산드라Sandra에게 연락해 자초지종을 설명했고, 도움을 구했다.

평상시 외국 학생들 도와주는 것에 늘 정성을 다하는 산드라 부부는 그들의 아름다운 집에 있는 편안한 방 하나를 두 젊은이에게 기꺼이 내주었다. 그리고 그들이 잘 지낼 수 있도록 세심하게 마음을 써 주었다. 심지어 그들이 떠날 때 아이들 도와줄 때 사용하라고 두둑한 기부금까지 챙겨주었다는 소식을 듣고는 정말 마음 한구석에 따뜻함을 느꼈던 기억이 생생하다.

그 젊은 친구들은 결혼해서 현재 한국에 본사를 두고 멕시코, 스리랑카, 볼리비아에서 수천 명의 아이들을 돕고 있는 코인트리cointreekorea.org의 대표 한영준과 김경미 님이다. 단돈 100원으로도 세상을 변화시킬 수 있다며, 100원의 기적을 만드는 이들과의 인연으로 더 좋은 인연들을 만들며 꾸준히 성장했다. 마음처럼 큰 도움을 주지는 못하지만, 할 수 있는 만큼 꾸준히 돕고 있다. 이 책의 수익금 일부도 코인트리의 아이들을 후원하는 일에 쓰일 예정이다.

한때 나도 받은 것만큼 그대로 돌려주거나 아예 도움을 받지도 주지도 않는 삶이 깔끔하다고 생각했던 적이 있었다. 도움을 받게 되면 갚아야 한다는 부담을 갖고, 도움을 주면 대가를 받아야 한다고 생각하는 것이 너무 상업적인 것 같아서 싫었다. 하지만 세상을 살다 보니 인생은 계산기 두

들겨 가면서 거기에 찍힌 숫자 대로만 사는 것이 아니라는 사실을 알게 되었다. 좀 더 많이 나눌 때, 어떨 때는 그것보다 덜 받을 때도 있다. 하지만 시간을 두고 보면 뜻하지 않게 몇 배로 불어나 돌아올 때도 있었다. 그렇게 보면 얼추 손해 보지 않고 거기서 거기다. 가능하다면 더 많이 퍼 주며 살면 좋지 않을까?

15년을 넘게 함께 일했던 이벤트 회사의 CEO 케티Kahty가 이벤트 회사를 처음 열어 그녀의 보호막을 떠날 때, 밥 버그와 존 데이비드만이 쓴 『The Go-Giver』라는 책을 선물로 주었다. 그러면서 이런 말을 해주었다.

"유니스 앞으로 어떤 일을 하든지 이 부분을 잘 생각해 봐. 누군가에게 가치를 주는 삶이 네 삶의 가치를 결정할 거라고."

"너의 영향력은 네가 타인의 이익을 얼마나 우선시하느냐에 따라 결정될 수 있어."

　　　　-『The Go-Giver』본문 법칙 3: 영향력의 법칙 중에서

그녀는 진심으로 나를 응원해 주었고, 내가 잘되기를 빌어주었다. 그 책의 포인트인 '나눔과 베풂이 곧 성공의 핵심'

이라는 것을 늘 생각하면서 주변을 바라보니, 실제로 사람들이 좋아하는 사람들은 베푸는 일에 통이 큰 사람들이었다. 보상을 바라고 베푸는 것이 아니라 그저 이유 없이 베풀고 살자는 마음을 다져본다. 그것이 곧 사람 복을 만들어 가는 길이다.

코인트리 대표 한영준 / 김경미 대표, 나의 영원한 스승 샌디와 데니스

COINTREE in Mexico Tulum

4부. 죽어가는 열정 살리기

목소리를 높여라

세상에 태어나서 처음으로 법정에 서게 되었다. 그것도 한국도 아닌 미국 법원에서.

이벤트 회사를 할 때 실리콘밸리에 있는 테크 회사가 주 고객이었다. 그중 T사와는 여러 번 행사를 해왔던 터라 직원 들과도 신뢰 관계가 쌓여 있는 상태였다. 그 회사에서 새로 운 기술을 세상에 공식적으로 발표하는 오프닝 행사를 라스 베가스에서 하게 되었다. 그리고 우리 회사에서 행사를 진 행하기로 결정이 났다.

라스베가스에서 이미 행사를 진행할 호텔 사전 답사와 어 떤 엔터테인먼트를 사용할지에 대한 디자인 회의까지 거의 다 끝난 상태에서 T사의 행사 담당자가 갑자기 바뀌게 되었다. 새로운 담당자는 이 회사에 처음 영입된 백인이었고, 우리를 잘 모르는 사람이었다. 마지막 프레젠테이션을 한 후 며칠이 지나도 계약서 사인이 진행되지 않아 알아보았다. 그런데 새로 온 담당자가 아무 통보도 없이 본인이 알고 있는 다른 이벤트 회사와 계약을 맺고 일을 진행하고 있다고 했다.

T사는 고정 고객이라 구두 계약만 받았고, 이미 시간과 금전적 투자를 많이 한 상태였다. '이런 실수를 하다니'라는 생각과 '억울하다'라는 감정이 내 안에서 마구 교차했다. 더 기가 막힌 것은 그 담당자의 태도였다. 몇십만 불짜리 행사였고, 우리는 준비에도 많은 투자를 한 상태였다. 그런데 그는 크게 선심 써서 500달러를 줄 테니까 그것만 먹고 떨어지라는 식의 이메일을 보냈다.

나는 울화통이 터지는 마음을 지그시 누르고 이메일을 썼다. 우리가 지금까지 준비해 온 과정과 현재의 상태에 대해 말했다. 그리고 그런 것을 알면서도 통보도 없이 회사를 바꿀 수 있는지에 대한 합당한 설명을 요구했다. 그리고 그 이메일을 회사 사장에게 보냈고, 그에게는 추신으로 받도록 했다. 한 시간도 안 돼서 온 그의 답장은 이전의 교만한 말투에서 어느새 정중하게 바뀌었고, 자신의 변명을 주저리주저리 늘어놓으면서 해명하려 했다. 하지만 결론은 자기는 다른 회사와 이미 계약했기에 이번 이벤트는 못 할 거라 했다.

그때까지 누군가를 고소할 일이 생긴다는 것은 상상도 하지 않고 살아왔었다. 그런데 아무리 생각해도 이건 아니다 싶었다. 한국말로 하는 상황도 아니고 영어로 나의 억울함을 설명해야 하는데, 법정에서 제대로 표현할 수 있을까? 이길 수 있을까 하는 수많은 걱정과 고민 속에서 생각하고 또 해서 결론을 내렸다. '이번 일을 참으면 평생 후회할 것이다'였다. 나의 인간적인 자존심이 달린 문제였지만 사회적인 책임도 느꼈다. 내가 참으면, 분명히 나 같은 선의의 피해자가 또 생길 것을 알았다.

법원에 가서 고소하는 모든 절차를 처음부터 끝까지 나 혼자 처리했다. 그 후에는 그 행사를 준비하기 위해 얼마큼의 시간과 금전적 투자가 들어갔는지, 회사와 오갔던 모든 이메일, 텍스트, 전화 내용까지 철저히 준비했다. 이 과정에서 정말 많은 시간이 소요되어 개인적으로는 다른 일을 줄여야 했다. 하지만 그보다도 나를 더 괴롭힌 것은 법정에 서야 하는 상황이었다. 할 수만 있다면, 미치게 벗어나고 싶었다.

3개월의 준비 과정을 거쳐 법원에 가는 날은 그야말로 도살장에 끌려가는 느낌이 들었다. 운전하면서 판사 앞에서 얘기할 내용을 연습하고 또 연습했다. 하지만 여전히 자신이 없었다. 그래도 나를 계속 다독였다. 결과야 어떻든 이 일은 나를 위해서 하는 일이다. 부당한 일에 대한 나의 행동이다.

영어 단어 하나하나까지 고급스럽게 사용하고, 당연히 이 길 수밖에 없는 회사의 입장을 유창하게 풀어내는 상대방 변호사 앞에서, 나의 자신감은 끝없이 추락하고 있었다. 하지만 나는 그와 비교하지 않기로 했다. 투박한 엑센트와 매끄럽지 않은 문장이지만, 부당한 그들의 행동을 설명하고 나의 정당한 대가를 요구했다. 말솜씨나 상대방의 변론 상태만 봐서는 승산이 없는 게임이었다. 하지만 내가 준비한 300페이지의 자료들을 꼼꼼히 살펴보고, 양쪽 이야기를 모두 들은 판사는 어눌해도 자신의 권리를 진심으로 설명하는 이 동양 여자의 손을 들어주었다.

불편하다는 이유로 자존심 구기고 참고 살기보다는 귀찮고 힘들더라도 부당한 일에는 맞서야 한다. 그건 잘못된 일이라고 표현해야 하는 것이다. 그런 행동들이 나 자신을 더 대견하고 용기 있는 사람으로 만들어 준다는 정말로 큰 교훈을 얻었다. 옳지 않다고 생각하면 마구 소리를 치자. 세상은 공정하고 내 편이라고 믿자. 내가 원하는 것을 얻지 못하더라도 남들이 부당한 일을 당하는 것을 줄여주는 첫 발자국을 남길 수 있으니까.

불편하다는 이유로 참고 살기 보다는, 귀찮더라도 맞서자

추락하는 나를 살려내는 봉사

사람들은 종종 타인을 위해서 봉사한다고 말한다. 한때는 나도 그런 착각을 했던 적이 있었다. 그런데 어느 순간 알았다. 봉사는 나를 살리기 위한 행동이었다는 것을. 내가 한없이 작게 느껴질 때가 있다. 하는 일이 원하는 방향과 완전 반대로 나갈 때도 있다. 경제적으로 너무 힘들거나 사람이 떠날 때가 있다. 한마디로 삶이 내 편이 아닌 것 같을 때면 나는 내가 가지고 있는 많은 장점을 다 까먹고 땅 밑으로 무한히 추락한다. 이럴 때 사람들은 잠적하거나, 약물 복용을 하거나, 다른 치명적인 자극을 통해서 현실을 잊으려고도 한다. 하지만 나는 나의 도움이 필요한 대상을 찾아 나선다.

세상에서 살기 좋다고 소문난 샌프란시스코 도심에는 화

려한 명성이 창피할 만큼 홈리스나 마약 중독자들이 널브러져 있는 모습들을 쉽게 볼 수 있다. 화려한 도시 안에서 엄청난 돈을 버는 실리콘밸리의 사람들과 밑바닥을 치는 홈리스들이 공존하는 아이러니한 우리 사회의 실체이다. 솔직히 고백하자면, 종종 그들을 위해 기금을 모으는 단체에서 봉사하는 일은 철저히 나를 위한 이기적인 마음에서 시작했다.

봉사의 시간은 하찮고 가진 것 없다고 생각하는 나 자신이 그들에 비해 얼마나 많이 가졌는지를 알게 했다. 그리고 내 앞에 얼마나 많은 기회가 있었는지를 까먹을 때마다 정신 차리게 하는 일이었다. 세상에는 그것조차 가지지 못하고 누리지 못하는 이들이 너무나 많다.

어느 해 겨울에, GCFGlobal Children's Foundation라는 단체의 연말 행사에 초대되었다. 내 아이만 아니라 세상의 굶주린 아이들을 함께 먹이고 보살핀다는 의미에서 시작한 엄마들의 단체였다. 그들은 밥 한 끼 먹을 수 없는 아이들을 찾아 세상 곳곳을 뒤졌다. 짧은 시기만 잠깐 도와주는 것이 아니었다. 그들에게 가축과 씨앗을 주어서 자립할 수 있도록 도와주기 위해 기금을 모으고 봉사했다.

세상 곳곳에 나가 있는 많은 선교사나 봉사자들을 통해서 전해 들은 아이들의 실상은 가히 상상을 초월했다. 언론 매

체를 통해서 봐 왔던 것보다도 더 험한 곳이 많았다. '삶의 질'
이라는 단어가 사치스러울 만큼 그들의 식량난은 심각했다.
특히나 전쟁통에 있는 아이들의 상황은 음식을 전달해 주고
싶어도 그 방법을 찾을 수 없는 안타까운 경우가 많았다. 이
기관에서 봉사하면서 내가 그런 상황에 있지 않음에 감사했
다. 나의 능력과 상관없이 환경과 사회에 의해 이미 결정된
운명을 살아야 한다는 생각만으로도 불평은 사라진다.

　어느 날 오랫동안 알고 지내던 친구 부부가 쓰레기 줍는
비영리 단체를 열었다고 연락이 왔다. 둘 다 전문 직업을 가
지고 두 아이를 키우면서 바쁜 생활을 하고 있었다. 그들은
본인들의 삶에 새로운 의미를 부여하고 싶어서 재단을 열게
되었다고 했다. 이전에는 거리를 지나가면서 남이 버린 쓰
레기를 주워야 한다고 생각해 보지 않았다. 그저 나만 제대
로 버리면 된다고 생각했다. 매주 토요일마다 네온 잠바를
환하게 걸치고 꾸준히 쓰레기를 줍는 우리 모습에 사람들은
관심을 보이기 시작했다. 그리고 그 활동에 동참하고자 하
는 주민들이 하나둘씩 모이기 시작했다.

　사람이 모이면서 혼자는 하기 힘든 일이지만 함께 하는
사람이 있으면 해볼 만한 숨은 아이디어들이 쏟아져 나왔
다. 동네 청소의 시작은 나 혼자 먹을 수 없는 내 집에 있는

과일나무의 과일들을 이웃과 나누는 운동으로도 확장되었고, 아름다운 도시 만들기의 모범이 되었다. 우리가 했던 일은 아주 작은 시작이었다. 하지만 그 작은 시작에 마음들이 합쳐지면서 좋은 본보기가 되어 세상을 조금씩 바꾸어 나가고 있다.

사람을 돕고, 세상을 돕고, 지구를 도울 수 있는 일은 찾으려고 마음만 먹으면 수만 가지다. 물론 진정으로 남들을 돕고 싶은 마음으로 봉사하는 사람도 많이 있다. 내가 하는 봉사도 누군가에게는 도움이 될 것이라 믿는다. '감사'의 마음은 추락하는 나를 잡아주고, 지친 나를 늘 다시 일으켜 세우는 힘이 있다.

4부. 죽어가는 열정 살리기

기부로 시작된 인연

엘렌하고의 인연은 케이터링 회사에서 한창 일할 때부터 시작되었다. 엘렌은 해마다 거동하지 못하는 노인분들에게 집까지 찾아가 식사를 제공하는 비영리 재단 Meals on Wheels의 기금 모금행사를 해 오고 있는 파티플래너였다. 지역의 유명한 맛집 식당 주인들이 본인 식당에서 인기가 있는 음식을 행사장에서 선보인다. 이 자선 행사는 다양한 식당의 특미를 한자리에서 맛볼 수 있다는 매력 때문에 많은 사람이 티켓 구입에 거금을 마다하지 않는다.

음식 재료는 주지만 셰프들은 이날 음식 준비와 만드는 시간을 지역사회에 기부한다. 이런 선순환이 결국은 함께 사는 지역사회를 만들어 나가는 것이다. 이 행사에서 나는 8

시간 동안 음식을 준비하고, 서빙하고, 마무리까지 하는 일을 했다. 행사가 끝나고 일주일 후에 담당자였던 엘렌으로부터 전화를 받았다. 행사를 도와주어서 감사하다는 말과 그날 일 했던 일당을 어떻게 보내주었으면 좋겠냐고 물어왔다.

솔직히 그 당시에 경제적으로 여유 있는 상황이 아니었고, 그 돈은 나에게 큰 액수였다. 하지만 난 그날 일당 전부를 그 단체에 기부하겠다고 뜻을 밝혔다. 집 밖으로 나갈 수조차 없는 노인분들을 생각했다. 내가 아무리 힘들어도 일단 움직일 수 있고 뭔가를 할 수 있는 몸과 마음이 있다. 내 상태는 그들보다도 훨씬 나았고, 힘드신 어른들을 보니 한국에 계신 부모님 생각이 났다.

돈을 기부하겠다는 내 말이 끝나자 엘렌이 갑자기 침묵했다. 나는 이분이 내 말을 못 들었나 싶어서 다시 얘기하려는 순간, "Are you sure? That's so nice of you."라는 소리가 수화기 저 멀리서부터 들렸다. 그리고 나를 직접 만나고 싶다고 얘기했다. 며칠 뒤 우린 직접 만났다. 엘렌은 금액을 떠나서 본인이 번 돈 전액을 기부하겠다는 사람은 처음이라서 한번 꼭 만나고 싶었다고 했다. 이를 계기로 우리는 새로운 인연을 만들게 되었다. 자기가 믿고 개인 서류를 정리해 줄 사람을 찾고 있었는데 해줄 수 있느냐는 제의를 받았다.

큰 회사 같은 곳에서 임원의 일을 착착 도와주는 사람들은 보았다. 하지만 개인한테도 그런 사람이 필요하다는 건 그때 처음 알았다. 제의받았을 때 난 그 일이 뭔지도 잘 모르고 경험이 없다고 솔직하게 얘기했다. 하지만 엘렌은 본인이 가르쳐 줄 수 있으니 그 부분은 걱정하지 않아도 된다고 했다. 내가 배우고자 하는 마음이 얼마나 있는가가 훨씬 중요하다고도 했다.

Personal organizer라는 직업이 특별히 자격증을 따야 하는 것은 아니지만, 비즈니스와 관련된 수많은 서류를 이해하는 지식이 필요했다. 또한 언제라도 필요한 자료들을 손쉽게 뽑을 수 있도록 종류와 날짜별로 완벽하게 정리해야 했다. 그리고 개인의 은행계좌나 재산까지 다 공개하는 일이라 절대 신뢰하는 사람이 아니면 구하기 힘든 특별한 직업이기도 했다. 엘렌의 일을 돕기 시작하면서 유명한 할리우드 음악 프로듀서인 그녀의 오빠 서류까지 모두 정리해 주는 사람이 되었다. 그들은 다른 부자 친구들까지 연결해 주었다.

처음 내 8시간의 노동을 기부했을 때, 엘렌과 이렇게까지 인연이 될 줄은 몰랐다. 내 마음이 하고 싶어서 했던 작은 기부는 그 후 돈보다 더 소중한 인연을 만들어 주고, 몇백 배의 가치가 되어 돌아왔다. 엘렌과의 인연을 계기로 아무리 삶에 여유가 없고 힘들지라도 나보다 더 힘든 누군가를 위해 나를 나누는 여유를 잊지 말아야 한다는 것을 깨달았다. 어떤 이는 다른 사람을 이용해서 어떻게 먹고살까를 고민한다. 어떤 이는 어떻게 함께 손잡고 잘 살 수 있을까를 고민한다. 어차피 고민할 거면, 먼저 손 내밀고 도와주는 것은 어떨까?

작은 기부가 돈보다 소중한 인연을 만들어 주었다

꼴등하다 버클리 간 글로벌 노마드

그 누구도 나를 함부로 대하게 하지 마라

30대 초반에 LA에 있는 한 이벤트 관련 회사에서 일할 때였다. 자신의 괴팍한 성질을 못 이겨 모든 직원에게 소리 지르고 언어폭력을 행사하는 사장을 만났다. 그 작은 몸에서 어찌 그리도 괴물 같은 모습이 나오는지 신기했다. 몸집이 두 배나 큰 남자 직원들도 진저리를 칠 정도로 그녀를 무서워했다.

회사는 일반 사무실처럼 9시 출근이다. 하지만 마치는 시간은 이벤트가 끝나고 마무리까지 해야 하는 일이라 어떨 때는 새벽 2시, 3시가 될 때도 있었다. 그렇게 미친 듯이 일해도 그녀의 기대에는 미치지 못했다. 특히나 한국 사람에게는 더 챙기는 척하면서 요구하는 사항은 끝이 없었다. 나의 긍정적인 모습을 인정하기보다는 부족한 점을 후벼 파면서 상처를 내고 그 자리가 아물기 전에 계속 소금을 뿌리는 사람이었다.

필요한 일을 시키기 위해서는 온갖 따뜻한 말을 해주다가도, 수가 틀리면 어느 한순간 괴물로 변했다. 다른 곳에서 일자리를 찾기 힘든 멕시코 사람들과 그래도 정 때문에 붙어있는 의리 있는 한국 사람들은 폭풍이 가라앉기를 바라며 꿋꿋이 참고 있었다. 하지만 세일즈를 하는 미국 직원들은 치를 떨며 오래 붙어있지 못했다.

정말 현대판 노예처럼 살았던 시간이었다. 지금 생각해보면, 그런 건강하지 못했던 상황에서 어떻게 8개월을 버텼는지 도저히 이해할 수가 없다. 그때는 나 자신이 정말 소중한 존재인지를 인식하지 못했던 시절이었다. 그저 모든 것이 부족했기 때문이라고 나를 원망했다.

아주 오랫동안 알아 온 친구가 있다. 어렸을 때부터 혼자 사는 법을 익혀야 했기에, 그야말로 사회 바닥부터 시작해서 온갖 힘든 일을 하며 사업적으로 큰 성공을 거둔 친구였다. 사랑이 많고, 정이 많고, 웃음이 많고, 의리가 넘치고, 게다가 관대하기까지 한 그녀였다. 내가 미국 생활을 하면서 힘들 때마다 옆에 있어 준 친구이다. 그녀의 방법은 벼랑에 떨어져도 살아남을 힘을 기르는 것이었다. 그녀가 당해 왔던 삶이었고, 그 찢어진 마음과 고통은 그녀를 더 강하고 독하게 만들었다. 살아나기 위해 그 어떤 일이라도 할 수 있는 그녀였다.

그녀는 항상 나를 보며 안타까워했다. 내가 가진 능력을 보지 못한다고. 더 강하게, 더 많이 요구하면서 살아야 하는데 물러 터져서 다른 사람들한테 늘 이용당하는 것이라고 말했다. 그녀는 내가 가지고 있는 나만의 색깔에 하나씩 태클을 걸기 시작했다. 내가 바른 매니큐어 색깔부터, 추억이 담겨있는 내 옷, 심지어는 내가 기분 좋아서 흥얼거리는 노래까지 트집을 잡았다. 유니스 캐릭터를 싹둑싹둑 잘라내고 심지어 감성을 느끼는 더듬이까지 손을 대기 시작했다.

그녀는 나를 그녀처럼 만들고 싶어 했다. 그녀는 이 모든 것이 나의 성공을 위해서 하는 일이며, 내가 더 강해지고, 더 안정적인 미래를 준비하기를 바라는 마음이라고 얘기했다. 하지만 나는 그녀를 떠났다. 나는 '나'로 살고 싶었다.

나의 존재감이 없었던 20대였다면 내 잘못이라 자책하며 그녀에게 생각해 줘서 고맙다고 얘기했을 것이다. 하지만 그런 일들은 결코 일어나서는 안 된다는 것을 이제는 너무나 잘 안다. 나보다 수백 배 많은 부를 소유한 그녀이지만 전

꿀등하다 버클리 간 글로벌 노마드

Photo by Gil Seo

혀 부럽지 않았다. 그녀의 삶은 불평과 불만으로 가득 찬 전쟁의 연속이었다. 그녀만큼의 부를 보장받는다 해도 난 결코 그렇게 살고 싶지 않았다. '유니스 배'라는 사람은 부족하고, 모자라고, 실수투성이다. 하지만 타인에게 피해를 주지 않는 선에서 나의 삶을 살고 싶다. 그리고 끊임없이 내가 바라는 행복을 추구하며 쉬지 않고 나아갈 것이다.

두 사람 모두 나를 위해서 일부러 강한 방법을 택했다고 얘기했다. 본인이 당해서 그 방법이 얼마나 잔인한 것인가를 알 것이다. 그러면서 '너를 위해서 이렇게 심하게 구는 거야'라고 포장하며 언어의 폭력을 아무 죄책감 없이 휘둘렀다. 나를 사랑하고 지키는 것은 결국 내 몫이다. 내가 나의 소중함을 느끼지 않고는 타인도 그 귀함을 절대 알 수 없다. 오늘부터 나를 더 안아주고, 사랑하자.

예측할 수 없는 반전으로
더 가치 있는 인생

인생은 물음표

마지막 숨이 넘어가는 그 순간까지 삶은 예측 불허이다.

학교에 다닐 때 뛰어난 성적과 멋진 성격으로 관심과 부러움을 잔뜩 받은 친구들도 있지만, 너무 조용해서 그 존재조차 알 수 없는 친구들도 있다. 학교를 떠나 세상에 내던져졌을 때, 어디를 가나 눈에 띄는 이들도 보았고, 한없이 침묵하는 이들도 만났다. 시간이 한참 지난 후 다시 만나게 된 그들의 상태는 내가 그때 알았던 것과는 너무나 다르게 변해 있는 경우가 많았다.

등수가 인생을 좌우하는 학교생활에서 삐쩍 마르고 큰 것 외에, 난 별로 눈에 띄는 아이가 아니었다. 학교에서 IQ 검사를 했는데 상상 외의 낮은 숫자였다. 그 숫자는 한동안 나는 뭐를 해도 안 되는 게 당연하다는 생각의 족쇄를 채웠다. 한번 시도했는데 마음대로 결과가 나오지 않으면 IQ 낮은 나에게는 당연한 일이라며 더 이상 시도하지 않고 가볍게 포기했다.

그런데 어느 날부터인가 어차피 한 번에 해내는 능력이 없으니까 남보다 시간을 더 많이 들여서 노력해야겠다는 생각이 들었다. 결과와 시간에 초점을 맞추면 괴로운 상황들이 많았다. 하지만 다른 아이들에 비해서 내 속도가 늦음을 인정하니, 천천히 이루어가는 성과에도 크게 마음을 쓰지 않았다.

식당에서 함께 일했던 알베르또는 아이가 다섯이나 있는 멕시코에서 이민 온 사람이었다. 영어를 거의 못 했기 때문에 식당 뒤에서 접시를 닦거나 식사가 끝난 테이블을 정리하는 일을 했다. 그런데 이 친구는 워낙 몸으로 하는 일을 많이 했고, 어렸을 때부터 일한 경험이 많아 눈치 하나는 정말 빨랐다. 말 한마디 안 해도 되는 허드렛일로 시작해 어느새 주문받는 서버들의 보조를 하기 시작했다. 시간이 더 지나자 직접 주문을 받기도 했다. 신기하게 다른 영어는 못했는데 주문은 잘 받았다. 듣고 또 듣고 연습한 것을 달달 외워서 하고 있었다.

결혼식 등 화려한 이벤트에 사용되는 예쁜 테이블보를 만드는 회사에서 같이 일했던 피오나는 평상시 말이 거의 없었다. 패션 공부를 하고 싶은데 능력이 있는지 잘 모르겠다고 했다. 창고에서 들어온 주문을 챙겨서 행사장까지 운반하고, 행사가 끝난 후 더러운 테이블보를 픽업하는 일을 했다. 그러면서 틈틈이 디자이너들이 새로운 제품을 만들 때 바로 옆에서 뚫어져라 지켜보던 그녀의 모습이 생생하다.

십여 년이 지난 후 그들의 기억이 가물가물한 어느 날, 무심코 들어간 멕시코 식당에서 알베르또를 만났다. 배가 좀 나오고 머리숱이 줄어들긴 했지만 단번에 알아볼 수 있었다. 그도 나를 알아보고 엄청 반겼다. 영어도 어쩜 그리 잘하는지 누에고치를 벗어난 나비 같은 모습이었다. 그는 그 식당의 주인이었고, 다섯 아이도 다 커서 자기 사업을 도와주고 있다고 했다. 세상에나!

페이스북을 통해 들은 피오나의 소식도 내 얼굴에 미소를 가득 담겨 주었다. 말레이시아로 돌아간 그녀는 웨딩드레스 디자이너가 되어 있었다. 헐렁한 작업복 대신에 딱 붙는 검정색 원피스로 몸을 감았고, 운동화 대신에 앞이 뾰족한 하이힐을 신고 있었다. 예전의 수줍은 모습 대신 위풍당당한 그녀가 사진 속에 있었다.

어리바리했던 나도 어느새 꾸준히 해왔던 일들로부터 훈장이 여러 개 늘어나 있었다. 파티플래너, 사업가, 바리스타, 공증인, ESG 환경가, 엔터테이너, 전문 서류 정리가, 사무장, 유튜버, 프로그램 디렉터, 퍼스널 트레이너, 작가, 동기 부여 강사, 용기 크리에이터Creator….

시간을 두고 보니, 요란한 사람이 더 큰 결과를 만드는 것도 아니다. 그 반대 성격의 사람이 어느 한구석에만 숨어 있는 것도 아니다. 결국 결과를 만드는 사람은 내용이 뭐든 간에 꾸준히 붙잡고 하는 사람이었다.

인간의 능력은 한번 보다 백번 했을 때, 반복의 힘으로 월등히 나아질 수밖에 없다. 삶이 불공평한 것 같아도 공평한 이유가 여기에 있다. 타고난 상황이야 개인이 어찌 바꿔 볼 수 없지만, 노력으로 결과를 무한히 창조해 낼 수 있기 때문이다. 그것이 바로 삶의 묘미라고 생각한다.

Photo by Gil Seo

꼴등하다 버클리 간 글로벌 노마드

내 안에 내가 여럿 있다

좋아하는 소설 속의 주인공 중 하나가 세르반테스의 작품에 등장하는 돈키호테이다. 처음에는 엉뚱하지만 악의 없는 순진한 캐릭터에 홀딱 빠졌다. 그런데 진짜 이유는 그의 현실과 동떨어진 높은 이상주의적인 면에서 나 자신을 보았기 때문인 것 같다. 돈키호테의 찰떡궁합 산초도 내 삶에서 절대 빼놓을 수 없는 인물이다. 현실을 살짝 벗어나 이상을 추구하는 돈키호테를 어김없이 현실로 다시 끌고 내려오는 산초. 이 둘은 내 삶에 항상 함께 존재해 왔다.

뭔가 새로운 기회가 왔을 때, 내 안의 돈키호테는 일단 갑옷을 챙겨 입고 애마인 로시난테에 올라탄다. 하지만, 그 와중에 내 안의 산초는 현실을 직시하며 생각 좀 하자고 브레이크를 밟는다. 그 둘이 늘 옥신각신하며 뒤엉켜서 내 삶을 엮어왔다.

이혼하면서, 미국에 더 이상 있고 싶지 않았다. 나를 완전히 흔들어 새로 시작하는 출구를 찾는 중에, 1988년 한국에서 처음 열린 올림픽 경기가 생각났다. 세계 지도 속에서 집중하지 않으면 잘 보이지도 않는, 작은 한국이라는 나라에서 세계적인 스포츠 행사를 개최한다는 그 자체만으로도 정말 기적이고 가슴 뛰는 일이었다.

'스포츠를 통해서 심신을 향상시키고 문화와 국적 등 다양한 차이를 극복하며, 우정, 연대감, 페어플레이 정신을 가지고 평화롭고 더 나은 세계의 실현에 공헌하는 것'이라는 올림픽 정신은, 나의 세계관을 정말 세계적으로 확장하는 계기가 되었다. 말도 다르고 문화도 다른 나라의 사람들이 스포츠를 매개로 한데 어울려 만드는 이 축제를 주관하는 IOC International Olympic Committee 사람들이 대단해 보였다. 그리고 먼 훗날 나 자신을 그들 사이에 살짝 끼워 넣는 행복한 상상을 했다.

늘 동경하던 스위스의 국제올림픽위원회 본사에 도전해야겠다는 생각이 뜬금없이 들었다. 일단 목표가 정해지니 내 안의 돈키호테는 환호성을 지르며 스위스로 날아가서 직접 부딪히자고 했다. 근처에라도 가서 살면 자극도 받고, 분명 내가 원하는 대로 일이 풀릴 것이라며 나를 구름 위로 마구 띄워 올렸다. 상상은 날개를 활짝 폈다. 인터넷을 통해 IOC 본사와 그 동네의 사진을 보며, 신나게 일하고 있는 나의 모습을 꿈꾸기 시작했다.

그 와중에 내 안의 산초가 면담을 요청했다. 첫째, 스위스는 물가가 너무 비싸서 직장을 미리 구하지 못하면 못 간다고 했다. 둘째, IOC에서 일하려면 영어 외에 프랑스어와 독일어까지 3개 국어에 능통해야 한다는 것이었다. 이거 어떻게 할 거냐고… 영어도 간신히 하는데 그걸로는 명함도 못 내민다고. 듣고 보니 언어 부분은 쉽게 넘을 수 있는 산이 아니었다. 안 된다는 얘기를 좋아하지 않기에, 장애물이 얼마나 높은지 하나하나 뜯어보고 분석해 보았다. 그래도 해결이 안 되면 주변에 도움을 청해서 최대한의 정보를 끌어모았다.

모든 에너지를 쏟아붓고 뽑아 초긍정으로 방향을 찾아보았다. 하지만 나처럼 새로운 언어를 배우는 능력이 떨어지는 사람이 다른 언어를 두 개씩이나 완벽히 숙달하는 일은 넘사벽이 맞았다. 현실적으로 목표에 도달하기 전에 나자빠질 가능성이 99%라는 결론이었다. 그제야 내 안의 돈키호테가 입맛을 쩝쩝 다시며 현실을 받아들였다. '앗, 그건 많이 힘드네…'라고 내려놓았다. 산초가 승리한 경우였다.

몇 년 전에 '수명의 연장과 더불어 그 어느 때보다도 건강이 더 중요할 때'라는 내용의 다큐를 보았다. 늘어난 수명을 아프면서 겨우겨우 살아낼 것인지, 아니면 미리 관리를 잘해서 건강하게 살 것인지 질문을 던졌다. 그리고 건강하게 산다는 것이 어떤 의미인지 차분히 내용을 풀어나갔다.

앞으로는 노년과 관련되는 사업이 크게 성장할 것이라는 그 프로그램을 보는 내내 고개를 끄덕이며 공감이 가는 부분이 많았다. 여러 가지 사업 생각이 머릿속에 모락모락 떠오르는 중에 내 마음이 꽂힌 것은 건강 운동이었다. 나이가 들어가는 것을 막을 수는 없지만 노화를 늦추는 일은 평상시 나한테 맞는 운동을 꾸준히 하는 것이다. 내 안의 돈키호테는 대박이라며 바로 학교 신청을 하고 공부하라고 했다. 앞으로 그 시장은 크게 성장할 것이고, 미국에서 시작해 한국까지 진출할 수 있는 좋은 비즈니스라고. 덧붙여 가장 큰 혜택을 보는 건 바로 '나' 아니냐고. 알아두면 최소한 내 건강은 잘 챙길 수 있으니까.

내 안의 산초가 똑똑 문을 두드리며 얘기 좀 하자고 했다. 지금이 몇 살인지 아십니까? 40대 후반이에요. 대학교 졸업

장도 이미 세 개나 있는데 가지고 있는 것이나 잘 활용하지 뭔 대학을 또 가냐고요. 그리고 지금도 풀타임으로 일하면서 더불어 다른 일도 하고 있는데 학교 갈 시간이나 있냐고요. 현실성 없는 결정이라며 다시 고려해야 한다고 했다.

그래도 내 안의 돈키호테가 우겼다. 어차피 운동은 늘 하던 일이고, 학교는 풀타임 말고 파트타임으로 하면 된다고…. 몸과 운동의 관계를 잘 이해하면 결국 나한테 좋고, 주변 사람에게도 알려주면 좋지 않냐고. 나쁠 것 일도 없는 일이다! 실행력 빠른 나는 바로 학교에 등록했다. 3년 동안 학교 다니고, 다시 트레이너 자격증을 따는 동안 산초의 걱정대로 엄청난 고생과 내가 왜 이걸 시작했을까 하는 후회도 많이 했다. 하지만 이루어 냈을 때의 뿌듯함은 참으로 기쁘고 소중했다.

이 둘이 늘 티격태격하며 서로 다른 주장을 한다. 일상을 내 안의 돈키호테 말만 듣고 산다면 아마 미쳤다는 소리를 더 많이 들었을 것이다. 하지만 이 세상에 태어난 나의 존재 가치를 인정하고 나답게 살도록 최대한 이끌어 주기에 필요한 존재이다. 반대로 일상을 산초의 말만 듣고 산다면 새로운 시도 없이 무조건 안전한 방향으로만 나아가려고 할 테니 인생이 너무 재미없을 것이다. 그래도 현실과 어느 정도

타협하며 살 수 있는 기반을 잡아주기에 역시 필요하다.

각자 모험과 안정 사이에서 무게를 두는 기준이 다르겠지만, 솔직히 말하면 나는 내 안의 돈키호테에 조금 더 힘을 실어 주는 편이다. 그래서 남보다 더 엉뚱한 길로도 가고 인생을 좀 돌아갈 때가 많다. 그럼에도 불구하고 그의 순수 열정과 무식한 용기에 마음이 간다. 일부러 고생을 사서 하는 팔자인 것 같지만 그렇게 사는 것이 나답게 사는 것임을 알기 때문이다.

DOR KIONQIT™

Created by Eunice Bae

버릴수록 Freedom

천박하다면서도 삐까뻔쩍하게 보여주는 것이 파워라는 생각이 은연중에 사회에 만연해 있다. 어떤 집에 살고, 얼마짜리 차를 몰고, 어떤 브랜드의 옷을 입고, 가방을 들고, 신발을 신고…. 각종 소셜 미디어에는 환상적인 곳으로 여행을 가고, 맛집을 가고, 온갖 물질의 화려함으로 도배되어 있다. 저 사람들은 어떻게 저렇게 멋지고, 돈이 많아서 세상 부러울 것 없이 살까?

어느 날 친구가 TV에 나오는 한 연예인을 가리키며 말했다.

"저 연예인 오늘 머리끝에서 발끝까지 두르고 있는 것 계산하면 몇천만 원은 될 거야."

그 소리를 들으며 피식 웃은 적이 있었다. 그러면서 나를 돌아보는 마음이 씁쓸하기만 했다. 동시대에 사는 사람으로 게다가 여자이고, 더군다나 그 잘난 사람이 나와 나이대까지 비슷하다면 바로 비교가 된다. 내가 얼마나 열심히 살아왔고 결과를 만드는 중간 과정에서 최선을 다하고 있다는 것도 까먹는다. 그 와중에 떠오르는 한마디는 '난 여태 뭘 했냐?'였다. 아니라고 발뺌하고 싶지만 나도 속물 인간이다.

자신감 넘치는 삶을 사는 사람은 일부러 잘 보이려 하지 않는다. 가만 내버려 둬도 자체 발광하기 때문이다. 하지만 본인 자체만으로 당당하지 못하고 소심한 사람은 뭔가 화려한 것으로 휘감아 눈가림하고 싶은 심리가 강해진다. 그래서 평상시 자존감 없는 모습은 감추고 있다가 어쩌다 가는 화려한 장소에서 우아한 미소를 짓고 카메라 셔터를 정신없이 눌러버린다. 하지만 나의 삶은 누구에게 보여주고 싶은 것이 하나도 없었다. 매일 매일 숨 쉬고 버티는 자체만으로도 힘들었다.

다양한 기후와 환경에서 자란 나무의 나이테가 강하고 아름다운 무늬를 만든다. 버라이어티한 삶의 굴곡을 하나하나 넘어갈수록 내 마음의 근육도 점점 단단해져 갔다. 초라하다고 생각했던 삶이 어느새 정리할 것이 많지 않아서 좋다는 홀가분한 마음으로 바뀌었다. 필요한 것이 있으면, 정말 그것이 필요한지 묻고 또 물어본 후 결정하는 버릇이 생겼다. 어쩔 수 없이 있어야 하는 물건이라면 일단 중고 제품을 찾아본다. 1년 동안 입지 않았던 옷들 또는 사용하지 않았던 제품들을 주변에 나눠주거나 기부했다. 학교나 일 때문에 도시를 옮겨 다닐 때는 삶의 무게를 최대한 줄일 수 있는 절호의 기회였다.

2022년 유럽에서 살 기회가 생겼다. 일단은 잠깐 다녀오는 것이었지만 솔직히 그곳에서 살 가능성도 타진해 보려고 했다. 그 기회와 인연이 되지 않더라도 이십여 년 동안 살아왔던 캘리포니아를 벗어나고 싶은 생각도 있었다. 그동안 미국에 살면서 늘렸던 가구들이나 세간살이들까지 과감히 처분하기 시작했다. 간혹 아까운 물건들도 있었지만 '그건 꼭 있어야 해'라는 답변이 안 나오면 미련 없이 타인에게 주었다. 꼭 필요한 물건 중 내가 어디에 가든 가져가야 할 물건들을 트렁크 하나에 넣었다. 중요하지만 어느 한 곳에 보관해야 할 물건들 두 박스는 친구 창고에 넣어 놓기로 했다.

그렇게 팍삭 줄어든 짐을 보면서 아쉬움이 있을 줄 알았는데 웬걸 마음이 참 편했다. 물질적인 소유가 아니라 내적인 풍요가 더 가치 있다는 것을 느끼게 되었다. 남들이 많이 가지고 있는 것이 부럽기보다는 오히려 그것이 그들의 삶을 옭아매고 있는 것처럼 느껴졌다.

이곳저곳을 여행하면서 만난 디지털 노마드들은 정말 몸은 가볍게, 마음은 충만한 삶을 살고 있었다. 소유로 본인들을 어느 한 곳에 꽁꽁 묶어 놓는 것이 아니라 무소유로 더 멀리 날아갈 수 있는 삶을 추구했다. 그렇게 물질이 아니라 본질에 충실한 사람이 되고 싶다.

소유는 가볍게, 삶은 충만하게···

Photo by Gil Se

산호의 공생

이왕이면 '기생충 같은'보다는 '산호처럼 공생하기 좋은 인간'이라는 소리를 듣고 싶다.

미니멀 라이프를 지향하면서 쇼핑과는 자연스럽게 멀어졌다. 물건을 사는 것은 극도로 제한하는데 아름다운 것을 보며 대리만족하는 것은 무제한 한다. 길을 걷다가 작은 보석상 진열대 안에서 자리를 딱 잡고 앉아 있는 산호를 보았다. 그것은 내가 알고 있는 단어로는 도저히 설명할 수 없는 깊은 주홍색에 기하학적 모양을 하고 있었다. 그 자태가 너무 멋져서 한참을 밖에서 보고 서 있었다.

식물처럼 생겼지만 동물인 산호는 발이 바닥에 꼭 붙어있어서 스스로 먹이를 잡으러 다닐 수 없는 신세이다. 그러하기에 '공생 조류' 환경이라는 기막힌 공간을 창조해 그 안에 온갖 플랑크톤과 수많은 부유물이 편안히 생활할 수 있도록 맘껏 도와준다. 결국은 그 판을 펼치며 거기에서 나오는 부산물로 본인의 한계를 극복하는 똑똑한 산호의 이야기가 참 좋다.

내가 파티 플래너라는 직업을 좋아했던 이유 중 하나가 이벤트는 산호처럼 판을 깔아 주는 사업이기 때문이다. 일단 행사 의뢰가 들어오면 이벤트의 종류, 손님 숫자, 행사 비용에 따라 그 행사만을 위한 새로운 팀을 구성한다. 열 명을 위한 행사와 천 명을 위한 행사, 한 명당 오만 원이 들어가는 행사와 오백만 원이 들어가는 행사는 그 시작부터가 다르다. 파티 플래너는 그 행사에 적합한 장소, 음식, 디자이너, 엔터테이너, 심지어 주차 회사까지 하나하나 심사숙고해서 뽑고, 그 회사들을 한데 모아 대작을 만들도록 지휘봉을 신중히 흔드는 지휘자이다.

샌디에고에 있는 한 테크 회사의 연말 파티에 초대된 사람은 전 직원과 그들의 가족들을 합쳐 5,000명이나 되었다. 호텔 전체의 모든 연회석을 아예 통째로 빌려서 하는 파티의 주제는 '걸어서 해외여행'이었다. 여행복 차림으로 나타난 회사 직원들과 그들의 가족들이 입장권을 가지고 행사장에 들어서는 순간 그들은 비행기 일등석을 경험한다.

그곳에는 푹신하고 넓은 비행기 좌석들도 있다. 몇 달을 준비한 할리우드 무대 세트를 통해서 창문 밖으로 안개꽃으로 만들어진 흩날리는 구름도 바라볼 수 있다. 승무원 유니폼을 입은 사람들이 샴페인과 각종 음료수를 권하기도 한다. 방 중간에는 일등석 뷔페 테이블이 길게 자리했다. 정말 비행기를 타고 여행을 가는 것처럼 설렘을 주는 그곳에서 사람들은 각종 여행 팸플릿을 통해 그들이 갈 다음 목적지를 신나게 고르고 있었다.

그 비행기 방 안에는 총 7개의 출구가 있었다. 각 출구는 다른 나라로 들어가는 문이었다. 이탈리아, 페루, 스페인, 프랑스, 케냐, 일본, 그리고 인도. 각 나라로 향하는 비밀의 문을 열고 들어가는 순간, 그들 눈앞에는 마치 그 나라에 간 것 같은 느낌이 들 정도로 디자인해 놓았다. 각 나라의 전통 의상을 입은 사람들이 그 나라를 대표하는 최고의 음식과 음료수를 대접했다.

이탈리아 방에는 곤돌라가 인공 호수 위에 떠 있고, 페루의 마추픽추, 스페인의 투우사들, 프랑스의 에펠탑, 케냐의 사파리, 일본 방에는 스모 경기가, 그리고 인도 방에는 마치 타지마할 사원을 옮겨 놓은 것 같은 느낌으로 온 벽이 뒤덮여 있었다.

단 하루의 행사를 위해 10개월을 준비한 연말 파티였다. 그 긴 기간 동안 처음에 합류했다가 중간에 나간 파트너들도 있고, 막판에 들어와 마무리를 함께한 보조 회사들도 있었다. 머릿속에서 상상했던 행사장의 디자인을 실제로 옮기는 과정에서 한계를 느끼기도 했다. 어느 순간에는 행사 준비가 진전이 안 되는 듯한 답답한 시간도 견뎌야 했다. 아무리 심사숙고해서 잘 깔아 놓은 판이라도 누군가 이기적인 마음을 가지면 순식간에 불협화음이 일어날 수 있는 상황이 많았다. 일을 하다 보면 내가 조금 손해를 본다 싶은 경우도 종종 생기지만, 남한테 손해를 입히는 것보다는 받는 것이 더 편하다.

어차피 인생은 업보의 관계로 되어 있고, 내가 배려한 만큼 또는 가해한 만큼 언젠가는 그 대가를 받게 되어 있다. 수많은 사람과 일하면서 이기적인 사람들과는 점점 인연의 끈을 놓게 된다. 오랫동안 무대 뒤에서 함께 일해온 팀원들과 여러 회사는 서로를 어떻게 도울 수 있는지 늘 배려하는 공생의 마음이 있었기에 그 오랜 시간 동안 함께할 수 있었다. 조직 안에서 과연 나는 기생의 역할을 하고 있는지 아니면 공생의 삶에 일조하고 있는지 끊임없이 자문한다.

공생하는 관계가 오래 유지된다

넘겨짚지 않기

내가 다니는 체육관에 〈유산소 댄스Cardio Dance〉라는 클래스가 새로 생겼다. 이름 자체가 신기하기도 하고, 토요일 아침에 간단히 몸을 풀고 싶어서 수업에 등록했다. 보통은 클래스룸에서 수업하는데, 이 수업은 아레나Arena라는 실내 농구장에서 한다. 춤을 추는 공간이라 당연히 사방에 거울이 있는 공간을 예상했는데, 널따란 방에 손거울 하나 없었다.

"아니 이런 데서 수업이 되겠어? 내 몸을 볼 수가 없으니 제대로 하는지 알 수가 없겠네…. 게다가 다른 일반 수업보다 사람이 두 배는 되는 것 같네. 이런 공간에 떼거리로 몰아넣어서 누가 고쳐주기도 힘들겠다."

게다가 강사처럼 보이는 사람이 앞에서 혼자 음악에 맞추어 춤을 추고 있었다.

"연습은 집에서 해 오지…."

거울이 없는 방에서 댄스 수업을 들어야 한다는 내가 가지고 있는 편견 덩어리가 쏟아지면서 시작 전부터 괜스레 심술이 났다.

신나고 정신없는 라틴 음악에 비해 춤 동작은 단순하면서도 여러 번 반복하게 되어 있었다. 처음에는 강사만 보고 따라 하던 사람들이 점차 동작이 익숙해지면서 본인 스타일로 응용해 더 신나게 흔들었다. 그 어떤 제한도 없었다. 몸이 허락하는 대로 미친 듯이 즐기며 흔드는 것이 콘셉트였다. 그제야 느낌이 왔다.

이 방에 거울이 없어서 참 다행이다. 눈으로 보며 따라 하는 수업이 아니라 몸 자체를 음악에 맡기고 하나가 되는 것이 포인트였구나. 이토록 아무 의식 없이 온몸을 흔들며 땀을 흘렸던 적이 언제였던가. 참으로 오랜만이었다. 잘 알지도 못하면서 억지 트집을 잡는 것은 안 좋다. 내가 직접 당해봐야지만 이해가 되는 일들이 있다.

한때 하루에 커피를 몇 잔씩 들이켜도 수면에 전혀 영향을 주지 않던 때에는 저녁에 잠을 못 자서 심지어 카페인 없는 커피도 못 마시는 사람들이 이해하기 힘들었다. 식당을 선택할 때 당연히 뷔페나 집에 가서 여러 번 퍼먹기보다는 먹고 싶은 것 한 가지만 먹는 곳으로 가겠다고 고집하는 사람들도 이상했다. 한 달에 몇 번은 고기로 충분하게 단백질을 보충하는 것을 당연하게 생각했던 시기에 동물 학대 금지, 동물 사랑, 환경 살리기를 부르짖으며 고기 먹지 말자는 이들이 제정신이 아니라고 생각했다.

그랬던 내가 언제부터인가는 커피를 단 한 잔만 마셔도 밤을 꼴딱 새우게 되고, 뷔페에 가자는 말만 들어도 위에 부담을 느끼게 되었다. 거의 1년 동안 비건 삶을 체험하면서 고기를 멀리하는 나만의 철학을 가지게 되었다. 더불어 나와 다르게 생각하는 사람들을 내 작은 잣대로 저울질하지 않는 지혜를 가지게 되었다. 평생 눌어붙어서 납작할 것 같던 배는 아무리 누워서 숨을 들이쉬어도 작은 동산처럼 자리를 잡고 있다.

종종 본의 아니게 저 사람은 왜 저렇게 말하고 행동할까? 하면서도 내가 그 사람의 상황을 제대로 이해하지 못한 상태에서 나오는 생각이라면, '저 사람만의 이유가 있을 거야'라고 이해하려 한다. 친구 둘이 대판 싸워서 나한테 하소연하러 왔다면 한쪽과 좀 더 친하다 하더라도 반드시 양쪽 얘기를 다 듣는다. 세상에는 내 작은 생각으로 이해할 수 없는

일들이 너무 많다. 나와 너무 다른 타인을 나의 잣대로 이해
하려 하는 것은 참으로 어리석은 일이다.

꼴등하다 버클리 간 글로벌 노마드

Money 무니?

많은 것을 소유하고 싶었다. 'Form 生 Form 死'라는 말처럼 겉으로 보이는 모습에 쓸데없는 시간을 낭비하기도 했다. 그리고 뭔가 훌륭한 일로 내 이름을 세상에 알리고 부러움을 받으며 위풍당당하게 살고 싶었다. 지금은 시간과 어디서든 살 수 있는 여유를 제공할 정도의 경제력에 대한 욕망은 남아있지만, 다행히 남에게 과시하기 위해 물질적으로 뭔가를 소유하는 삶에는 그리 마음이 끌리지 않는다. 오히려 꼭 필요하지 않은 물건을 살 때면 삶의 무게를 얹는 것 같아서 갑갑한 느낌이다. 겉 포장만을 보고 나의 가치를 판단하는 사람들의 장단에 맞추어 놀아나고 싶은 생각이 이제는 없다.

세상을 살아가면서 거의 매일 사용해야 하는 것이 돈이

다. 그것과 아주 친하고 잘 벌면서 사용하는 법에 도사가 되어야 하는 것은 맞다. 그런데 사회에 나올 때까지 관리하는 법을 못 배운다는 것이 문제이다.

학교 다니면서 배운 경제 관련 수업은 실용적인 지식이 아니라서 돈의 흐름을 이해하는데 터무니없이 부족했다. 푼돈이 생기면 돼지 저금통이나 은행에 넣어야 한다는 생각보다는, 그 돈을 어떻게 잘 이용해야 조금씩 늘릴 수 있는지를 생각하는 교육이 많으면 좋겠다.

학교 다니는 동안은 모든 경제를 부모님이 알아서 하니 아이들은 신경 쓰지 말라는 분위기도 바뀌면 좋겠다. 경제 관념은 책상에 앉아서 책과 씨름하면서 단숨에 얻어지는 것이 아니라 생활 속에서 감을 익혀가면서 내 것으로 만들어지기 때문이다.

돈 전문가도 아닌 내가 왜 돈 얘기를 하는 걸까? 돈을 존중하는 법을 잘 몰랐던 나는 늘 눈앞에 보이는 경제 문제만 해결하느라고 아등바등하며 살았다. 주식투자 전문가나 경제 전문가들만 돈 공부를 한다고 생각했다. 늘 바쁜 생활에 정신이 없었던 내게도 필요하다고 생각하지 못했다. 경제적으로 충분하지 않은 생활 때문에 몇십 년 후를 생각할 여유가 없었고, 나중에 잘 풀려 돈 걱정을 안 해도 될 것이라는 막연한 희망을 품었다.

　돈의 비정함과 파괴력을 가장 크게 느꼈던 때는 그 돈 때문에 아이 갖는 것을 포기하는 결정을 내렸을 때였다. 나는 특별히 아이에 대해 집착하지는 않았다. 결혼하자마자 바로 아이를 낳고 키우기보다는 그저 부부 둘이 잘 살면서 때가 되면 아이를 가지고 잘 키우면 된다고 생각했다. 결혼한 지 몇 년이 지나자 주변에서 아이를 가져야 하지 않겠냐는 질문을 받기 시작했다. 하지만 우리의 가장 큰 문제는 돈이었다. 남편은 법대를 다니고 있었고, 내가 생계를 거의 책임지고 있었다. 우리는 미국 정부에서 정한 가난의 기준에서 살짝 위에 속해 있어서 정부에서 받을 수 있는 혜택이 거의 없었다.

　미국의 경우 중간 계층이 가장 살기 힘든 사회라는 말을 종종 한다. 아주 돈이 많거나 아주 가난해야 한다. 돈이 많은 경우는 돈으로 해결을 할 수 있으니 얘기할 필요도 없고, 돈이 없는 극빈층은 상당한 부분을 국가의 도움을 받으며 살 수 있다. 근데 어중간하게 여기도 저기도 속하지 않는 딱 중간에 속한 사람들이 문제다. 물가가 비싸서 버는 돈으로 생활비를 충당하기도 빠듯하다. 거기에 온갖 세금이나 의료보험 등을 짤 없이 내야 하니 늘 빠듯한 생활에 허덕이는 것은 당연하다.

5부. 예측할 수 없는 반전의 인생

흔히들 돈이 들어와서 통장에 도장만 찍고 바로 사라진다고 표현한다. 내가 처했던 상황이라면 만삭의 몸으로, 아이를 낳은 직후에도 그전과 똑같이 장시간 일을 해야 했다. 그런 생활을 감당할 수 있을지 감히 상상도 할 수 없었다. 주변을 둘러봐도 나처럼 돈 때문에 아이를 낳아야 할지 말지를 고민하는 사람이 안 보였다. 미국에서 불법으로 들어와 사는 사람들도 아이들 3~4명 낳고, 정부 도움을 받으면서 잘 살았다. 인간적인 차별을 하는 것이 아니라, 상황을 두고 봤을 때 참으로 충격적이었다. 세상에 태어나서 단 한 번도 돈이 충분하지 않아서 내 아이를 못 갖는다는 생각을 해 본 적이 없었다.

누군가는 돈이 중요하지 않다거나 돈으로 행복을 살 수 없다고 얘기한다. 나는 'NO'라고 외칠 것이다. 왜냐하면 자본주의 사회에서 돈은 중요하고, 돈이 주는 편리함으로 행복을 누리는 방법이 너무 많기 때문이다. 돈을 좇아갈 필요는 없다. 다만 내가 하고 싶은 일을 꾸준히 찾는 과정에서 돈을 존중하는 법을 배우는 일을 절대 빼놓아서는 안 된다. 그건 인생을 살아가는데 선택이 아니라 필수 사항이다. 내 돈을 제대로 관리하는 능력을 빨리 익힐수록 돈에 흔들리지 않는다. 그리고 내가 원하는 삶을 살아가는 힘을 얻을 수 있다.

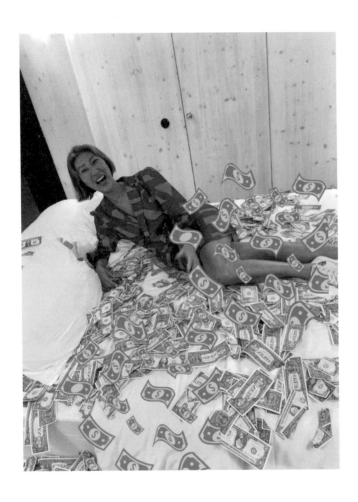

5부. 예측할 수 없는 반전의 인생

세상아, 기다려

내가 일하는 회사는 온갖 최첨단 테크 회사들이 어우러져 있는 실리콘밸리 지역에 있다. Apple, Google, Facebook, TESTLA 등 굵직한 회사뿐만 아니라 몇만 개의 크고 작은 회사들이 오밀조밀 모여서 본인들의 특별한 아이디어를 세상에 선보이고 성공하기 위해 그야말로 박 터지는 싸움을 하는 곳이다. 겉으로는 성공한 이들과 회사들의 황금빛 이야기들이 도배하고 있는 듯이 보이나 한 겹을 들춰내어 보면, 실패와 좌절로 가득 차 있다.

그것을 실제 제품으로 만들기까지 인고의 시간에 그야말로 피를 말리고 뼈를 갈아 넣는 아픔을 느낀다. 그런 사람들을 보면서 그들의 꿈이 반드시 이루어져 정당한 대가를 받기를 원하는 마음으로 도와주려고 한다.

우리 회사에서 주로 하는 일은 실리콘밸리 진출을 원하는 기업들을 대상으로 이곳에서 잘 성장하기 위해서 반드시 알아야 할 사업 생태계를 교육한다. 또한, 현지 전문가들을 멘토로 연결하여 사업 성장을 위해서 알아야 할 경제적 구조나 법적인 내용까지도 교육한다. 그리고 미국으로 사업 확장을 원하는 이들에게 이곳에서 투자받으려면 어떻게 핏칭Pitching 해야 유리한지, 심지어 그들의 영어 웹사이트와 마케팅까지 팀을 꾸려 관리를 대행한다.

회사 안에서 내가 집중하는 부분은 한국 사업이다. 첨단 과학과 테크 사업의 글로벌화를 위해 노력하고 있는 정부 기관과 대학교의 컴퓨터 학부, 창업 협회 등과 꾸준한 연계를 하여 한국 기업과 인재의 국제화에 도움이 될 수 있도록 노력하고 있다. 그동안 다양한 나라의 회사들과 일했다. 하지만 한국처럼 수많은 사람이 창업에 뜨거운 열정을 보이고 실리콘밸리 진출을 꿈꾸는 나라를 보기는 쉽지 않다. 우리 회사에서 한국에 특히나 더 많은 관심을 보이는 이유도 우리나라 사람들의 미친 열정과 끈기 때문이다.

지난 몇 년 동안 우리는 대전 카이스트 학생들에게 실리콘밸리 창업 수업을 진행하고 있다. 학생들은 개인적으로 수업을 듣는 것이 아니고, 팀을 꾸리고 창업 아이디어가 있어야 수업에 참여할 수가 있다. 일단 선발된 학생들은 한 학기 동안 실리콘밸리 현지 교수님으로부터 수업을 들으며, 각 팀과 관련된 분야에서 일하고 있는 전문 멘토들의 도움으로 아이디어를 성장시킨다. 학기 마지막에는 그들이 만든 최종 작품을 미국 현지 심사위원 앞에서 발표하고, 그중 우수한 팀들은 실제로 실리콘밸리 견학을 오는 선물까지 얻게 되는 프로그램이다.

학생들이 처음 수업을 들어올 때는 자신들의 아이디어를 생각만큼 표현하지 못하고 어려워한다. 하지만, 자꾸 연습하면서 본인들도 모르게 생각의 폭이 넓어지고, 그것들을 미국인 심사자 앞에서 당당하게 표현하는 장면을 보면 정말 가슴이 뭉클할 때가 많다. 그럴 때 정말 많은 보람과 그들의 성장을 위해 뭐든지 해주고 싶은 열정이 요동치는 것을 느낀다.

예전에는 생존을 위해서 살았다면, 이제는 함께 살고 내가 아는 것을 최대한 나눠주는 것에 더 큰 기쁨을 느끼며 살려고 한다. 어디 소속이거나 개인이 처한 환경과 상관 없이, 우리 대한의 똑똑하고 멋진 청년들이 세상에 더 많이 나갔으면 한다. 그들이 꿈을 펼칠 수 있도록 돕는 일을 하고 있다는 사실에 자부심과 행복을 느낀다.

세상아, 기다려라. 내가 간다! 앞을 가로막는 장애물이 있
다면 빵빵 차면서 신나게 나가련다.

꼴등하다 버클리 간 글로벌 노마드

내 삶을 풍성하게 하는
소소한 이야기들

철인삼종에 나를 투척했다

누가 보면 운동에 목숨 걸고 사는 인간처럼 보인다고도 한다. 고백하자면 나는 운동을 그리 좋아하지 않는다. 스포츠를 보는 것은 물론이고 특히나 온 힘을 쏟아부으며 땀 흘리는 것은 정말 싫다. 하지만, 몸에 살이 붙는 느낌은 더 괴롭고, 아무리 강조해도 모자란 것이 건강이라는 사실을 알기에 늘 운동하려고 노력했다.

평소 관리를 얼마나 잘하느냐가 인생 후반기에 온몸에 결과로 나타나게 되고, 그 책임은 온전히 자신의 몫이다. 하기 싫지만 뭔가를 반드시 해야 할 경우, 가장 좋은 방법은 빼도 박도 못하는 상황으로 던져 넣는 것이다. 체육관에 다니는 것도 슬금슬금 꾀가 나기 시작할 무렵, 엄두도 못 내고 항상 꿈만 꾸던 '철인삼종' 경기가 머리에 콕 들어왔다. 수영도 못해, 달리기도 꼴등, 그리고 자전거는 안 탄 지 몇십 년…. 그 누가 봐도 가당치도 않은 일이다. 그나마 다행스러운 일은 내가 언제나 초긍정 마인드라는 사실. 일단 저지르고 본다. 수습은 어떻게든 알아서 될 것이다. 동네 '철인삼종' 클럽에 당장 가입하고, 일단 온몸을 투척했다. 클럽 안의 사람들은 각자 다양한 기록과 경험이 있었다. 특히나 그들은 신입 회원들을 도와주는 일에 너무나 헌신적이었다.

태어나서 처음으로 자전거 30마일대략 48Km을 타던 날은 같은 회원이면서 10년 넘게 철인 삼종을 하고 있는 제인Jane과 밀리카Milica와 함께였다. 속도가 너무 느리고 체력도 떨어지는 나를 위해 그들은 정말 꺾어지는 코너마다 기다려 주었다. 내가 정말 미안해하니깐 제인이 얘기했다.

"걱정하지 마, 유니스. 나도 수많은 사람이 기다려 줬어. 그래서 오늘의 내가 있는 거야." 그 순간 나는 생각했다. 앞으로 오늘의 나처럼 도움이 필요한 사람에게 짜증 내지 않고 정말 잘해줘야지. 이런 것을 두고 '선순환'이라고 했던가?

샌프란시스코 바닷가에서 철인삼종 수영 연습을 처음 하던 날, 선언했다.

"여러분, 제가 오늘이 바닷물에서 수영하는 첫날이에요."

수십 명의 사람들이 '땅' 소리에 맞추어 목표를 향해 갈 때, 나는 혼자 한곳에서 맴돌고 있었다. 발끝이 닿지 않는 시퍼런 바다에서 숨이 막히고 죽을 것 같은 두려움에 내 몸은 끝없이 가라앉기만 했다. 물에 들어간 지 얼마 안 되어 살려달라고 손을 흔들었다. 나를 처음부터 지켜보고 있던 안전요원이 옆에서 대기하고 있다가 바로 구명조끼를 던져줬다. 겨우 물 밖으로 나와서 생각한 것이 일단 숨 한번 쉬고 다시 하기였다. 이번에는 비록 성공하지 못했지만, 그다음 해에 있었던 레이크 타호Lake Tahoe 삼종 경기에서는 간신히라도 마무리했다.

달리기, 수영, 자전거 타기와 아직도 그리 친하지 않지만, 그래도 괜찮다. '힘들면 슬슬 하면 되지…'라고 마음을 먹으니, 일단 시작의 장벽이 낮아졌다. 나는 아직도 관두고, 시작하고, 또 관두고, 시작하기를 반복한다. 운동에 대한 귀차니즘이 끊임없이 몰려온다. 달래고 또 달래서 내 몸을 밖으로 끌어내는데 에너지를 쏟는 일이 힘들긴 하다. 하지만 살아 있는 동안에는 아프며 살고 싶지 않다는 마음으로 나를 추스른다.

열심히 살아왔다면, 그것을 보상받을 수 있을 만큼 오래 건강하게 살아야 한다. 건강이 허락되지 않은 채 늘어난 수명은 재앙이다. 너무 잘하고 싶은 부담보다는 뛰다가 힘들면 걷고, 걷는 것도 싫으면 쉬면 된다는 가벼운 마음이다. 오늘도 게으름에 잔뜩 젖어 있는 나를 달래며 자전거 페달을 밟는다.

꼴등하다 버클리 간 글로벌 노마드

망가지고 싶을 때는...

초등학교, 중학교, 고등학교에 다니면서 학교에서 배운 건 아무리 기억하려고 해도 생각이 나지 않는다. 공부도 못 했는데, 학교하고 독서실은 지겹도록 열심히 다녔다. 주변 아이들도 모두 비슷한 생활을 반복하고 있었고, 그 나이 또 래에만 얻을 수 있는 많은 것들을 우리는 수도 없이 놓쳤다. 그때는 정말 몰랐다. 내가 나도 모르는 사이에 얼마나 많은 것들을 포기하고 살았는지. 그리고 그것들을 그 나이에 경 험했어야 한다는 것을. 하지만 세상을 살아갈 때 모두 내 맘 대로만 하고 살 수 있는 것은 아니다. 내가 살고 싶은 방법이 남들과 달라도 그때는 그것이 맞는 것인지도 몰랐다. 사회 와 부모님을 설득할 힘도 없었다.

내 맘대로 행복한 길을 찾는 과정이 간혹 남들이 보았을 때는 이상하게 보일 수도 있다. 그들이 안 하는 짓을 내가 하고 있으면 그게 바로 이상하고 망가진 모습이다. 근데 가끔은 망가져도 괜찮다. 망가진 모습도 나의 모습이다. 오히려 이렇게 완벽하지 않은 모습들이 내가 더 인간적임을 증명해 주는 것 같아 좋다. 닥치는 대로 살되 남에게 피해는 주지 말고, 일이 내가 원하는 방향대로 가지 않으면 세상이 맘대로 안 된다고 소리 높여 펑펑 울어도 좋다. 그렇게 표현하고 나면 남이 원하는 삶이 아니라 내가 원하는 삶 쪽으로 한 걸음 다가가는 느낌이다.

팬데믹 이전까지는 테크놀로지에 그리 큰 관심을 가지지 않았다. 사람과 소통해도 소셜미디어로 안부를 묻는 것보다는 직접 만나서 얼굴 보고 수다를 떠는 게 더 좋았다. 그런데 세상은 내가 전혀 예상치 못한 방향으로 변했고, 오랜 시간 사람들이 당연하다고 생각해 왔던 많은 일들이 허락도 없이 뒤바뀌어 버렸다. 세상은 어느새 나와 그들과의 사이에 기술이라는 필요조건을 집어넣어 버렸다. 그런 비대면 소통이 강요되는 상황에서 내가 할 수 있었던 일은 새로운 기술을 배우는 거였다. 그 외에는 다른 방법을 찾을 수 없었다.

철창 없는 감금의 시간이 시작되면서, 오랫동안 여성들

의 사회 활동을 적극적으로 응원해 주신 김미경 학장님의 MKYU 학교에서 온라인으로 여러 수업을 듣기 시작했다. 이전부터 늘 들어왔던, 정말 나를 위한 그분의 쓴소리들은 보약 같은 힘을 주며 내 정신을 충만하게 채워 넣기 시작했다. 특히 거상 스쿨 임헌수 소장님의 인스타그램 수업을 들으면서, 나는 세상과 다시 소통하는 새로운 방법을 익히게 되었다.

새로운 뭔가를 익혀나가는 과정은 정말 지루할 만큼 시간이 천천히 갔다. 뭔가를 내 몸 안에 장착하는 과정에서 시간은 반드시 그 대가를 요구했다. 그렇게 해서 겨우 입문한 인스타를 통해서 보는 타인의 삶은 부러움 그 자체였다. 너무나 다들 잘 나가고, 잘하고, 멋졌다. 그들이 자랑하는 그 어느 하나도 가진 것 없고, 재주도 없는 나 자신이 초라하게 느껴지기 시작했다. 평생 싫어했지만, 경쟁과 비교의 늪에서 여전히 허우적거리는 나를 발견했다. 끊임없이 반복되는 그런 상황을 정말 끊어 내고 싶었다.

지루한 기본 연습이 끝나고 기교를 부릴 만한 시기가 되었을 때, 평생 노래도 못하고 춤도 잘 못 춘다는 나만의 감방 탈출을 감행했다. 남들처럼 화려한 기교를 부리지는 못하고, 노래도 못했지만, 나만의 똘끼를 발휘해 신나게 불렀다. 낮

217
6부. 삶을 풍성하게 하는 소소한 이야기들

은 노래는 직접 하기도 하고, 높은 노래는 립싱크도 했다. 일단 카메라를 켜 놓으면, 또 다른 내가 탄생하는 것을 느꼈다.

세상에 나와 있는 편리한 앱으로 나의 부족하고 모자란 부분들을 편집하기 시작했다. 어떨 때는 하루 10시간을 넘게 전화기를 잡고 나만의 작품을 만들었다. 시간을 쏟아부을수록 기교는 점점 늘어나 내가 봐도 괜찮은 작품들이 생기기 시작했다. 7개월 동안의 집중 투자로 실력이 쌓이자, 나처럼 숨겨진 본인의 끼를 발산하고 싶어 하는 사람들과 함께 우리만의 미친 공간을 만들었다.

노래 잘하고, 춤 잘 추고, 뭐든지 잘해야 남 앞에 나서는 것이 일상화된 사회이다. 노래하고 싶어도 욕먹을까 걱정되고, 신나게 춤추고 싶어도 민폐랄까 봐 걱정된다는 노파심으로 나를 드러내지 않았다. 그 틀을 깨뜨리고 싶었다. 좀 어눌하고 부족한 점이 많아도 어떤가, 내 안의 나를 분출하면서 내가 즐거우면 되지. 그렇게 〈나 좀 내비도 노래방〉이 탄생했다.

처음 시작하는 사람들에게 먼저 시작한 사람들이 자신이 사용하는 앱들과 노하우를 아낌없이 공유했다. 그들이 일정 궤도에 오를 수 있도록 힘껏 끌고 밀어주었다. 개인 작품은 물론 세계 여기저기에 있는 회원 50여 명이 함께 공동 작품도 만들었다. 현실의 삶이 있었고, 인터넷상에서 또 다른 세상을 오가며 우리는 소통했다. 시간을 쏟아부을수록 영상 기교가 늘어났다. 나는 점점 더 전문적이고 대담한 작품들을 만들기 시작했다.

인스타그램에 포스팅을 어떻게 하는지도 몰랐던 나에게 엄청난 세상이 열렸다. 혼자는 엄두도 못 낼 일이었다. 하지만 함께라면 해 보고 싶다는 사람들이 남녀노소 국경을 넘어서 노래방에 몰려들었다. 한 달에 딱 한 작품 올리기를 목표로 했던 그 시간에 나는 물론이고 그 작품을 만든 이들도, 그것을 보는 이들도 많이 웃고 위로받았다. 그때 연습했던 노래들을 들을 때마다 함께 노래하고 춤추었던 친구들의 모습이 눈앞에 떠오른다. 아마 그 기억은 평생 사라지지 않을 것이다.

늘 타인의 눈과 입과 생각을 염두에 두는 사회에 익숙해져 살아왔는데, 그것들을 한 번에 던져버린다는 것이 정말 쉽지 않았다. 하지만 세상에 태어나서 처음으로 폭망했지만 신나는 내 모습을 인스타를 통해 만천하에 공개한 그날, 난 비로소 자유를 느꼈다. 창피함보다는 그저 신나고 즐거웠다. 공연 준비를 했다. 비디오를 찍고, 작품을 하나하나 만드는 과정에서 미친 듯한 쾌감을 느꼈다.

세상에 나 혼자만 힘들고 괴롭고 이상한 사람인 것 같은데, 톡 까놓고 나눠보니 그런 느낌을 받는 사람들이 사방팔방에 많았다. 내가 혼자가 아니라는 것을 느낄 때, 인생은 좀더 편하게 느껴진다. 나만 이러는 것이 아니구나. 다음은 어떻게 망가질까 행복한 고민을 해 본다.

날라리 비건의 세상 보기

어떤 거부감이나 불편한 느낌은 없었지만, '비건'이라는 단어는 상당히 낯설었다.

〈나 좀 내비도 노래방〉의 회원인 마스크 비건님이 온라인 비건 학교 〈비건심비우스〉를 연다는 소식을 들었다. '비건이 되건 안 되건'이 중요한 것이 아니라, 누군가가 용기를 내 뭔가를 시작할 때, 작은 힘이지만 최선을 다해 응원해 주는 것이 내 스타일이다.

2주 동안 고기 안 먹고, 참여하는 사람들끼리 적접 만든 풋풋하고 그럴싸한 야채 식단을 인스타에 공유했다. 채식하면서 힘들었던 점, 어려운 점, 즐거운 점, 몸에 느끼는 변화 등을 공유하는 모습이 게임처럼 아주 흥미로웠다. 처음 1기에만 참여하려는 마음이 2기, 3기, 4기 이후로 계속 연장되었다. 그곳에서 함께하는 시간이 쌓일수록 가벼운 채식 체험은 점점 지구 온난화, 환경 파괴, 동물과 인간 학대 등 무대 뒤에서 일어나는 잔인한 현실에 눈을 뜨게 했다.

'세상에나 … 어찌 이런 일이', '진짜 이런 일이 일어나고 있는 거야?', '이 세상에 내가 아는 것보다는 모르는 일이 정말 많구나'라는 말이 저절로 터져 나왔다. 우리가 먹는 음식들이 밥상에까지 오는 과정과 잔인한 실태를 보았다. 그러면서 과연 내가 이 사회에 대해서 얼마나 알고 있는지 진지하게 생각하는 시간을 가지게 되었다.

한동안은 인간의 잔인함에 배신감을 느꼈다. 생명을 함부로 대하는 동물 살육에 분노하고, 후손에게 잘 물려줘야 할 자연을 파괴하는 이들이 혐오스러웠다. 그다음은 내가 아무리 발악하고 발버둥을 쳐도 세상은 잘 변하지 않는다는 현실과 접하면서 무력감을 느꼈다. 하지만 '나비 효과Butterfly Effect'처럼, 한방에 큰 펀치를 날리지는 못 해도 작은 나비의 날갯짓은 할 수 있을 것 같았다.

그 작은 퍼덕임이 모여 〈비건심비우스〉에서 만난 친구들과 온라인 커뮤니티인 〈클럽 하우스Club House〉에서 '날라리 비건' 방을 열게 되었다. 채식을 장려하고, 쓰레기를 줍고,

재활용을 효과적으로 하는 방법을 나눴다. 동물의 권리를 이야기했다. 아마존이 왜 불타고 있는지, 세상에 절대 알리고 싶지 않은 일본의 고래 사냥의 실체가 뭔지 등등 일반 사람들이 쉽게 접할 수 없는 어둡고 불편한 진실이 있다. 이를 유쾌, 통쾌, 명쾌한 수다로 풀어내고, 사회에 조금이라도 긍정의 에너지를 전파하고자 했다.

쇼를 진행하면서 많은 사람들이 몰랐던 진실을 알게 되었다고 했다. 담배꽁초를 줍기 시작하고, 고기 먹는 양을 줄이고, 환경을 생각하는 마음을 조금 더 하게 되었다는 피드백을 주었다. 무엇보다도 방송을 준비하면서 가장 큰 성장을 하고 성숙한 사람은 바로 나였다.

영화 매트릭스에서 '모피어스'가 주인공 '니오'한테 빨간약과 파란 약을 선택하게 하는 장면이 있다. 빨간약은 잔인하고 고통스러울 수 있지만 진실을 볼 수 있게 해주는 것이다. 파란 약은 아무리 커튼 뒤에서 피의 전쟁이 일어나고 있어도 그와 무관하게 무대 앞에서는 백화점 쇼윈도처럼 스타일리시하고 안온한 세계를 보여주게 하는 것이다.

가끔 현실이 너무 잔인할 때 그때 파란 약을 먹었어야 했다고 생각해 보기도 하지만 내가 무시한다고 진실이 사라지는 것은 아니다. 빨간 약을 먹고 사실의 강에 들어선 것이 잘

한 것 같긴 하다.

　나는 완벽한 비건은 아니다. 비건을 지향하는 날라리 비건이다. 내 양심으로 내가 할 수 있는 최선을 다하고, 관심 있는 사람이 있으면 함께 나누기도 한다. 나의 생각이 중요한 것처럼 고기를 맛있게 먹는 수많은 나의 친구들의 생각도 중요하다. 진실을 나누고 그들이 이해할 수 있는 시간을 주고, 따뜻한 마음으로 함께 안고 가는 것이 내가 할 수 있는 일이다. 마스크 비건님이 내민 초대장을 받은 많은 사람이 더 나은 사회를 만들기 위해 조금씩 변하는 것처럼, 나의 노력도 그 누군가에게 그런 나비 효과가 되었으면 좋겠다는 희망을 외쳐본다.

Photo by Michael Hurt / Flower by Eva Gardner

인연과 이별 사이

살면서 100% 확신하는 일이 거의 없는데, '세상에는 절대로 완벽한 관계가 존재하지 않는다'라는 부분에는 깊이 공감한다. 아무리 완벽할 것 같은 커플이라도 서로 다른 가치관, 생활 수준, 경제적 상황, 심지어는 밥숟가락 놓는 방향이 다른 누군가와 매일 함께 생활한다는 것은 대단한 인내가 필요하다. 고전『로미오와 줄리엣』이 오랜 시간이 지났음에도 사람들의 마음에 아름답게 기억되는 이유는 그들의 사랑이 참으로 짧았기 때문이다. 얼굴 한번 제대로 볼 시간도 없었는데 서로 다툴 시간이 있었겠는가? 그들에게는 함께할 수 없는 현실 외에는 그 무엇도 중요하지 않았다.

내가 그렇게 부정적인 사람이 아님에도 불구하고 사랑의

감정을 얘기할 때는 살짝 까탈스럽다는 것을 인정한다. 일반적으로 관계라는 것이 실수와 실패를 통해서 더 강해지고 현명해지기는 한다. 하지만 이성 간의 관계에서 얻은 상처는 시간이 한참 지나도 쉽게 극복되지 않는다. 아마도 연인 사이는 나와 타인의 관계로 만나는 것이 아니라 내 삶의 연장으로 만나는 관계이고, 다른 이들에게 쉽게 보여주지 않는 인간의 원초적인 마음과 성격까지 나누는 사이이기 때문이라 생각한다.

내 결혼은 아주 평범하게 시작되었다. 불같은 사랑은 아니었지만 정말 마음 착한 사람을 만나서 미국에서 처음으로 내 가족을 만들었다. 5년의 연애 후에 시작한 결혼이라 서로를 잘 안다고 생각했다. 그런데 생활과 미래를 같이 책임지고 가는 부분에서 생각이 많이 달랐다. 짧지 않은 시간이었지만 살짝 떨어져서 바쁜 중에도 짬짬이 하는 연애는 예쁘고 멋지고 짜릿했다. 하지만 두 사람이 함께 산다는 것은 그야말로 인간의 한계를 체감하는 난이도 높은 인생 프로젝트였다.

남편은 나보다 머리도 뛰어나고 집안도 좋은 사람이었다. 하지만 매 순간 최선을 다하고, 악착같이 열심히 살아야 한다는 내 동양적인 생각과는 완전히 다른 방식으로 사는 사람이었다. 그가 생각하는 최선과 나의 최선 사이에 큰 격차가 있었다고 하는 것이 맞는 표현이다. 연애할 당시에는 멀쩡한 직업도 있었고, 190이 넘는 훤칠한 키에 선한 얼굴을 가진 사람이라 직장 동료들과도 잘 어울렸다. 하지만 진정 그가 원했던 삶은 직장에서 일하는 것이 아니었다. 매일 그림을 그리고, 반려동물과 시간을 보내며, 비디오 게임을 하는 것이었다. 그야말로 마음 선한 생계 무관심형이라 한량같은 삶이 딱 맞는 남자였다.

남편은 결혼하면서 가장으로서의 책임감을 느껴 변호사의 길을 택했다. 로스쿨에 들어가기 위한 일 년 준비 기간과 삼 년의 로스쿨 기간에 나는 두세 개의 직업을 넘나들며 생계를 책임졌다. 그가 자는 새벽에 첫 번째 일을 하러 나갔고, 그가 잠자리에 들어간 한밤중에 세 번째 일을 마치고 집에 들어왔다. 평상시에는 서로 얼굴을 마주하고 대화하는 경우가 거의 없었다. 심지어 주말에도 나는 일을 나갔기에 함께 여행을 간다거나 어떤 추억을 만들었던 기억이 거의 없다.

정말 끝날 것 같지 않은 지겨운 여정이 계속되었다. 당연히 육체적, 정신적인 한계를 느꼈다. 하지만 결혼한 사이는 상대방이 성장할 수 있도록 밀어주는 것이 당연하다 생각했다. 이 어두운 터널이 지나면 그때까지 희생했던 모든 것들에 대해 달콤한 보상을 받으리라 기대했다. 그렇게 하루하루를 버티던 시절이었다.

졸업과 동시에 미국 사법고시Bar Exam에 당연히 합격하리라는 기대는 이루어지지 않았다. 그리고 그 해에 아빠가 간암으로 위급해져서 나는 모든 일을 미루고 한국으로 돌아갔고, 곧 아빠의 임종을 맞았다. 생계를 거의 도맡아 오던 나의 부재를 그가 메꾸어 주기를 기대했다. 하지만 수화기를 통해 듣는 그의 하루는 공부나 일에 매진하기보다는 유전적인 편두통을 피하기 위한 약용 대마초를 피우고, 그림을 그리고, 고양이와 놀아주는 데 많은 시간을 보낸다는 것이었다. 그야말로 옆에서 들볶는 사람이 없어 아주 평화로운 삶을 살고 있는 것 같았다.

화가 났지만 슬픔이 억누르고 있었다. 아빠의 유품들을 정리하면서 아빠가 딸을 고생시키는 사위를 미워했다는 엄마의 말을 들었다. 내가 유지하려고 노력하는 이 결혼 생활의 가치에 대해 점점 더 많은 물음표가 붙었다.

3년의 학교 뒷바라지 후에 변호사가 되기까지 2년이 더 지나갔다. 그 5년은 참으로 길었다. 내 영혼과 인생을 신에게 잠깐 저당 잡히고, 나를 잃어버린 시간이었다. 산 것이 아니라 숨통만 붙이고 생명을 거우 연장했다 생각한다. 힘들게 변호사가 되었어도 그는 치열한 법의 세계에 적응하고 싶어 하지 않았다. 성격상 싸우고 뺏고 성취하는 일과는 거리가 먼 사람이었다. 실제적인 경험 없이 그는 처음부터 본인의 회사를 열어 자기 맘대로 하기를 원했지만, 당연히 제대로 이루어질 리가 없었다. 결국 나는 그의 첫 번째 고객이 되었다. 그가 우리의 이혼 서류를 처리했다.

내 결혼 생활 8년 중 처음 1년은 희망으로, 두 번째 해는 노력으로, 세 번째 해는 혹시나 하는 마음으로, 그리고 나머지 5년은 인간적인 책임감으로 버텼다. 5년 동안 난 귀를 막고, 입을 닫고, 눈을 감고 현실을 외면했다. 사람에 대한 상처, 실패한 인생에 대한 자괴감, 가슴에 평생 이혼녀라는 주홍 글씨를 달고 살면서 견뎌야 하는 사회적 편견과 묵언의 처벌을 대면할 자신감과 용기가 그때는 없었다. 차라리 폭력이라도 있었고, 욕설이라도 오갔다면 더 빨리 그리고 쉽게 정리했을 것이다. 열정도 없고 미움이나 원망하는 마음조차 들지 않는 관계였다. 굳이 살아야 할 이유도 없지만, 특별히 헤어져야 할 이유도 없는 사이라 마지막 결정을 내리기까지 오랜 시간을 끌었던 것 같다.

모든 일에는 한쪽 잘못만 있을 수는 없다. 나도 많은 부분에서 실수했고, 관계를 이어가는데 부족한 면도 있었다. 어쩌면 그의 기대치에 미치지 못했던 사람이었을 수도 있다. 내가 후회하는 가장 큰 한 가지는 좀 더 많이 대화해서 서로를 이해하고, 방법을 찾으려 노력했더라면 하는 부분이다. 나는 서로 언쟁하거나 싸우는 것이 두려웠다. 서로 옳다고 소리 높이는 그 자체가 내 성격과 맞지 않았고, 나만 참으면 모든 일이 해결된다고 생각하면서 참고 또 참았다. 그러다 보니 내가 가지고 있는 생각이나 느낌을 솔직히 표현한 적이 별로 없었다.

하지만 가끔 침묵 대신에 목소리를 높여서 서로 불평과 불만을 나누었다면 우리의 운명은 달라졌을 수도 있다고 생각한다. 관계에서 침묵은 독이 될 수도 있다. 헤어짐이 두려워 참고 산다는 것은 좋은 관계가 아니다. 서로가 다름을 이해하고, 함께 할지 헤어질 것인지를 냉정히 결정하는 것도 각자의 멋진 삶을 위해서 꼭 필요하다. 나의 잘못이든 아니든 평생 인연을 정리한다는 것은 큰 상처로 남을 수 있다. 하지만 상처받는다고 만나고 헤어지는 일을 두려워하지는 말자. 세상의 다른 일처럼 사랑도 부딪치는 과정에서 맞는 사람을 찾게 되고, 내 사람을 알아보는 안목도 얻는다. 내 삶도, 내 사람도 열심히 사랑하며 살아야 한다.

상처를 받을지라도 끊임없이 사랑하자

233

인생 양념장

내 인생을 음식에 비교하면 어떤 맛일까? 어느 날 이런 엉뚱한 생각을 했다.

초등학교 때 운동장에서 아이들이랑 족구 몇 번 했던 것, 중학교 때 방송부에서 음악 튼 것, 고등학교는 머리를 쥐어짜도 아무 추억도 떠오르지를 않는다. 도대체 시간을 완전히 잃어버린 것인가? 태어나서 대학교 갈 때까지 나의 삶은 영양가 없는 흰밥에 가끔 이벤트로 콩알 몇 개씩 올라간 정도였던 것 같다. 도대체 간도 안 되어 있고, 맛대가리도 하나 없는 그런 밥상이었다. 대학교 가서도 데모를 열심히 했던 것 외에는 특별한 일이 없었다. 그럼 후추가 살짝 들어간 아직도 흰밥.

단맛, 쓴맛, 신맛, 짠맛, 매운맛 등 각종 양념과 재료의 맛들이 추가되기 시작한 것은 25년 동안 익숙했던 한국을 떠나 모두가 낯선 미국에 오면서부터였다. 문화적인 충격과 낯선 곳에서 살아남기 위한 몸부림을 치는 과정에서 나는 정신없이 온갖 양념 세례를 받았다.

인간으로서 나 자신을 표현하는 도구인 언어의 장애는 뜨거운 기름 맛이었다. 너무 뜨거워서 처음에는 매일 화상을 입었다. 하지만 그 기름을 잘 조절하면 운동화도 맛있게 튀길 수 있다는 비법을 깨우쳤다.

100명이 넘는 노벨상 수상자를 배출한 버클리 대학교. 이리 봐도 저리 봐도 미친 천재들 중 나를 극심하게 바보로 몰아넣었던 시간은 살짝만 씹어도 왈칵 눈물을 쏟게 하는 타일랜드 고추의 매운맛이었다. 하지만 머리가 좋은 것은 그들이 남보다 살짝 더 재능을 가졌다는 것이지, 그것으로 그들의 행복이 결정되는 것은 아니었다. 현실과 타협하지 못하는 친구들의 자살과 약물 복용을 보면서, 매운맛을 조절하는 강도에 따라 그 음식을 완전히 망치거나 톡톡 쏘는 매콤함을 더해 일품요리로 만들 수 있음을 알았다.

연애는 볶음밥이나 비빔밥처럼 한 번에 비벼서 같이 나눠 먹는 것이 아니다. 같은 삶 안에서 함께 쌈밥을 먹는 것이다. 같이 먹을 수 있는 채소도 있지만, 식성 따라 고기 대신 버섯을 얹어 먹어도 누구에게도 피해가 없는 요리. 같이 있으면서 각자 서로의 삶을 존중하고 함께 사는 멋진 삶에 필요한 책임을 즐겁게 부담하는 것. 상황에 따라 재료를 이것저것으로 바꾸며, 변해도 질리지 않고 오래 먹을 수 있는 쌈밥 같은 관계가 좋다.

한 보따리는 될 만한 직업들을 경험하면서 이제는 내 몸이 360도를 돌릴 수 있는 양념 통같이 느껴진다. 다양한 직업에서 다양한 사람들을 만나고, 게다가 여러 나라의 생각들까지 접하면서 지금까지 꾸준히 장착한 향료들이 꽤 많아졌다. 누가 아무리 까탈스러운 주문을 해도, 상처받지 않고 휘리릭 잘 조리할 자신도 생겼다. 주위 분위기 또는 내 몸 상태에 따라서도 적당한 양념을 꺼내 그 상황을 조리할 수 있는 넉살까지 겸비했다.

아침에 눈을 뜨면 어렸을 적에 엄마가 해주신 말씀을 상기한다.

"편식하지 마라."

달달한 맛이 끌리기는 하지만 항상 매력이 있는 것은 아니다. 굵은소금이 들어가야 카라멜 라떼가 더 깊은 맛을 내는 것처럼, 짠맛을 경험해야 단맛에 진정으로 감사할 수 있다.

　오늘 하루 내 인생의 어떤 맛을 경험할 수 있을까? 은근히
기대된다.

6부. 삶을 풍성하게 하는 소소한 이야기들

꼴등하다 버클리 간 글로벌 노마드

달걀부침? 날아라 병아리?

사람들은 저마다 감추고 싶은 비밀스러운 부분들이 있다. 상처, 장애, 또는 비정상이라고도 불리는 그것들의 기준이 참으로 모호하다. 주로 타인의 관점이 상당한 영향을 미친다. 어떤 이는 남이 주는 그 이상한 침묵의 눈길을 초월하고 자기 삶을 살지만, 어떤 이는 마음고생을 가득하며 한평생 살기도 한다.

나는 왼쪽 허벅지에 기다란 흉터가 있다. 내가 두 살 정도 되었을 때였다. 엄마가 아궁이에 뭔가를 보글보글 끓이는데 그 근처에서 덜렁거리며 놀다가 그만 그 뜨거운 곳에 풍당 빠졌다. 엄마의 온갖 정성도, 병원 의사도 큰 도움이 되지 않았다. 원래 부잡한 아이였던 나는 붕대를 감고 온 동네를 돌아다녔다. 그리고 말랑말랑한 흉터가 흘러내려 허벅지에 울퉁불퉁한 자국을 선명히 남겼다.

그때는 그 흉터가 앞으로 내가 감추고 살아야 하는 수치심의 원인이 될지 전혀 몰랐다. 나는 그 흉터 때문에 학교에서 아이들의 놀림을 받았다. 무릎 위로 살을 보여야 하는 짧은 바지나 치마는 입을 생각도 못 했다. 당연히 다리를 다 드러내야 하는 수영복을 입는 일은 거의 없었다. 어쩔 수 없이 입어야 하는 상황이라도 늘 옷이나 책 등으로 그곳을 꼭 가렸다. 그러다 보니 가릴 것도 없이 버텨야 하는 동네 목욕탕을 가는 것은 최악이었다. 엄마는 이 흉터 때문에 행여 내가 시집을 못 가면 어쩌나, 혹은 미래의 남편한테 구박받으면 어쩌나… 하는 걱정까지 하셨다. 지나고 보면 말도 안 되는 소리라 생각한다. 하지만 그때는 정말 심각한 고민이었다.

성장할수록 그 상처는 내 키와 더불어 같이 자랐다. 수술하는 방법도 알아보았다. 하지만 상처를 가리기 위해서는 엉덩이 살을 뜯어 와서 덮는 방법밖에 없었다. 흉터를 가리기 위해 다른 흉터 하나를 더 만들어야 한다는 결론을 듣고 우리 모녀는 더 이상 방법 찾는 것을 포기했다. 그 후에 할 수 있는 일은 남들의 불쌍하고 수치심을 느끼게 하는 시선을 모른 척하며 무조건 버티는 것이었다.

미국에 살면서 몸에 여러 흉터가 있어도 다 드러내 놓고 다니는 사람들을 볼 때마다 달려가서 가려주고 싶은 충동이 일었다. 그들이 나처럼 타인의 눈과 입에 오르내리지 않고 마음의 상처를 받지 않도록 치부를 덮어주고 싶었다. 하지만 정작 그들은 어떤 부끄러움이나 거리낌이 없이 흉터들을 다 펼쳐 보이고 당당하게 잘 다녔다. 그때의 충격은 너무나도 컸다.

솔직히 그들의 흉터를 바라보는 나도 전혀 불편하지 않았으면서 나 자신은 왜 남의 시선으로부터 관대하지 못했을까? 하는 마음으로 한참 생각을 했다. 그건 바로 '여자는 상처 하나 없는 깨끗한 몸을 지녀야 한다'라는 유교 사회의 잘못된 관습에 세뇌된 덕분이었다. 몸의 흉터에 대한 잘못된 인식을 뿌리 깊게 심어 놓은 사회적 인식에 도전하고, 그들의 기대에 절대 협조하지 않기 위해 용기를 키우기로 했다. 나의 인간적인 가치는 결코 타인에 의해 결정되어서는 안 되기 때문이다.

얼떨결에 남의 시선에 깨져 뜨거운 팬 위의 프라이가 될지 아니면 편견의 껍데기를 깨고 혼자서 날아라 병아리가 될지는 나의 결정에 달렸다. 나는 나의 흉터가 더 이상 부끄럽지 않다. 나의 상처를 당당하게 포용하니 오히려 남들이 갖지 않은 나만의 특별한 표시로 부끄럽지 않은 흔적이 되었다. 비키니를 입고 아직도 잘 움직이는 팔다리가 있음에 감사한다. 그리고 이제는 사람들이 많은 해변에서 자신 있게 물놀이를 한다.

내가 허락하지 않은 세상의 모든 편견은 정중히 사양한다.

Photo by Gil Seo

> 내가 허락하지 않은 세상의 모든 편견은 정중히 사양한다

안전지대 알레르기

'안전지대'에 대한 알레르기가 틀림없이 있다. 남들은 좀 더 쉽고 편하고, 위험 부담이 없는 길을 찾아가는데 나는 틈만 나면 반대로 한다. 자주 가는 장소도 네비를 따라가지만, 빠를 것 같은 새 길이 있으면 씩씩하게 시도한다.

식당도 새로운 곳을 찾아가는 것을 좋아하고, 같은 식당이라도 이전에 먹어보지 못했던 것을 시켜본 후 내 입에 제일 맛있는 것을 찾는다. 사람은 어떤가? 좋은 사람 만나는 것도 즐기지만, 새로운 사람 만나는 설렘과 기대에도 늘 가슴이 뛴다. 도대체 이런 성향은 타고난 것인지 생존을 위해서 추가된 것인지는 잘 모르겠다. 하지만 '고생을 사서 한다'라는 말을 늘 들으며 살아왔다.

지도에도 없는 길로 가다가 완전히 막힌 곳과 마주할 때 '다시는 딴 길로 가지 말아야지' 하면서도 기대하지 않았던 야자수가 줄을 서서 기다리는 환상의 길이 나타나면, '캬아! 내가 이것을 못 봤으면 참 대단한 것을 놓쳤겠다!' 하는 뿌듯함이 박차고 올라온다. 그런데 말도 안 통하는 남의 나라에서도 이런 엉뚱한 모험에 발동이 걸리면 솔직히 당황스러울 때가 많다.

지브롤터 해협을 두고 모로코와 마주하는 포르투갈의 최남단 도시 사그레스Sagres는 세상에서 가장 아름다운 석양을 볼 수 있는 곳으로 유명하다. 정말 다른 것은 별로 볼 것도 없다. 절벽 앞에서 한 시간도 안 되는 그 장관을 보기 위해 많은 시간을 들여서 사람들이 찾는다. 그쪽으로 가는 대중교통 수단도 별로 없다. 차를 렌트하거나 아니면 택시를 타야 한다. 내가 우버를 타고 도착했을 때는 이미 많은 사람들이 명당자리를 차지하고 있었다. 그들의 뒤통수 없이 해가 지는 장관을 오롯이 감상할 자리가 보이지 않았다.

이리저리 살펴보며 초집중으로 내 자리를 찾는 중에 좀 걸어가기는 하지만 그래도 나름 좋은 지역이 보였다. 길이 나 있는 곳은 아니었다. 바다를 보며 가다 보니 정말 거칠 것 없는 절벽 앞에 나와 에메랄드빛의 바다가 딱 마주한 곳이 나타났다. 난 그날 그곳에서 생에 최고의 석양을 보았다. 이 문세의 붉은 노을을 들으며 그 뻘건 해가 주황색 바다로 퐁당 떨어질 때까지 정신 줄을 놓고 있었다. 짧은 시간이었지만 수많은 생각에 빠지다 보니 어느새 까만 하늘에 달과 별이 보이기 시작했다.

돌아갈 길을 보니 아무도 안 보였다. 바다만 보고 쫓아 왔던 길이 생각보다 길에서 멀리 떨어져 있었다. 하루 종일 사진을 찍고 충전하지 못한 전화기의 배터리는 빨간 불이 들어와서 플래시를 켤 수도 없었다. 그곳은 마을과도 떨어진 오로지 전망대만 있는 곳이어서 정말 아무 불빛도 보이지 않았다.

최대한 기억을 더듬어 길가로 나가는데 10분을 걸어도 정말 한쪽은 바다, 한쪽은 낮은 수목들만 가득했다. 살면서 이처럼 난감했던 적이 없었다. 게다가 한 여름이었는데도 해가 사라진 도시는 정말 추웠다. 이러다 여기서 죽겠구나 하는 공포가 스멀스멀 나를 잠식하는 그 순간, 저 멀리서 야간 순찰을 하는 듯한 경찰차가 보였다. 경찰차의 그 요란한 불빛이 그렇게 반가웠던 적이 없었다. 태양에 눈이 멀었던 내 눈은 어느새 그 불빛을 향해 질주했다. 너무 깜깜해서 몇 번자빠졌지만 놓치면 끝이라는 절박감과 '살려줘'라는 외침으로 무사히 그들을 붙잡을 수가 있었다.

경찰차 안에는 나같이 무식하게 용기 있는 두 명의 여행객이 뒷자리를 이미 지키고 있었다. 경찰관 얘기가 꼭 우리같이 헤매는 이들이 있다고 했다. 어차피 일반 차도 없는 곳이라 난 그 고급 경찰차이유는 모르겠지만 포르투갈 경찰차는 벤츠가 많다를 타고 호텔이 있는 라고스Lagos까지 귀빈 대접(?)을 받으며 편하게 갔다. 그 엉뚱함 때문에 까딱 죽을 뻔하긴 했지만, 덕분에 평생 잊지 못할 나의 석양을 가득 안고, 공짜 차까지 타고 호텔까지 갔으니 일단 이 무모함은 대성공이다.

이날 나와 뒷좌석에 동행했던 친구들은 보스톤에서 휴가를 온 수잔하고 티나였다. 세계 각국에서 온 많은 사람 중에서 영어로 소통하는 사람을 만났으니, 우리는 조금 전의 두려움을 잊고 실컷 수다를 떨었다. 오지랖 넓은 셋은 죽이 잘 맞았고, 그 인연으로 우리는 포르투갈 남단과 리스본에서도 종종 여행을 같이하게 되었다.

일 년 중 11개월은 참하게 일해서 돈을 벌고, 한 달은 미친 듯이 세계 이곳저곳을 함께 여행한다는 그 둘이 나에게 들려주는 여행담은 참으로 흥미로웠다. 다음 여행 장소로 내가 가보지 못한 그리스와 터키라는 나라를 찍을 수 있도록 방향성까지 정해 주었다. 새로운 나라를 가기 전에 그 나라의 역사를 꼭 공부하고 가면 관점이 완전히 달라질 것이라는 고등학교 선생님 수잔의 조언은 이후 내 여행에 큰 영향을 미치기도 했다.

아는 것만큼 세상은 더 넓고 깊게 보이는 것이다. 어떤 결과가 나올지 모르는 위험을 감수한 나의 안전지대 탈출의 대가는 생각보다 컸다. 수없이 나타나는 인생의 걸림돌들을 잘 밟고 넘어가는 용기도 얻었다. 모르는 일을 하는 것이니 해도 안 될 수 있다는 배짱도 생겼다. 목적지 도착이 많이 늦어질 때도 있지만 가끔 보석 같은 인연들도 만나며 과정을 즐기는 여유와 참을성을 길러주었다. 가장 큰 소득은 나를 불안전 지대에 밀어 넣을수록 그리고 불편한 상황을 마주할수록 나는 더 안전하고 편한 삶과 가까워지는 느낌이 든다는 것이다.

Photo by Gil Seo

6부. 삶을 풍성하게 하는 소소한 이야기들

천치 웃음

돈 안 들이고 순간적으로 남을 행복하게 해줄 수 있는 것이 뭘까 하는 질문을 받으면 나는 바로 '웃음'이라고 대답한다. 입만 살짝 벌려 조용히 웃는 미소도 매력이 있지만 나는 세상 다 퍼줄 것 같은 빵 터지는 웃음을 아주 좋아한다. 내가 낙담하거나 슬퍼하거나 괴로움에 빠져 있을 때 누가 이런 사이다 같은 웃음을 보여주면 그 골 아픈 일들이 순간 머리에서 사라지고 내 마음은 치료받는다.

천치天痴라는 말을 풀면, 바보 중에서도 상 바보라는 뜻을 내포하고 있다. 세상일은 전~혀 상관 안 하는 100% 순수한 그 웃음이 더 좋다. 이런 웃음은 구걸한다고 받을 수 있는 것도 아니고, 당연히 훔칠 수도 없다. 오직 조건 없이 그리고 아낌없이 받을 때 진짜 가치가 작용한다.

나는 '표정이 왜 이리 심각하냐'라는 말을 많이 들었다. 털털한 성격과는 달리 입 다물고 가만히 있으면 누가 옆에서 바늘로 살짝 찔러도 피 한 방울 안 나올 만큼 독해 보인다고도 했다. 현진건 작가의 소설 「B 사감과 러브레터」에 나오는 B사감이라는 별명을 얻은 적도 있다. 나를 잘 아는 친한 친구들은 내가 뭔가에 집중해서 표정 관리를 못 하고 있으면 지나가면서 살짝 찔러 주기도 한다. 얼굴 펴라… 아무리 신경 써서 무서운 표정을 좀 완화하려 해도 그 노력은 오래가지 않았다.

그러다가 샤논이라는 친구를 만나게 되었다. 여러 가지 많은 능력 중에 최고의 것은 단연 그녀의 천치 웃음이었다. 누구나 그 웃음을 접하면 마음이 편해지고 같이 웃게 하는 마법 같은 힘이 있었다. 게다가 의리도 있고 남을 돕고자 하는 마음이 넘치는 그녀 주변에는 늘 진짜 팬들이 많았다.

그녀와 보내는 시간이 늘어날수록 나도 그 천치 웃음 바이러스에 조금씩 감염되기 시작했다. 잘해도 웃고, 실수해도 웃고, 별로 웃기지 않을 때도 웃었다. 그전에는 너무 심각해 보여 나한테 접근하는 것을 어려워했던 사람들이 살살 다가오기 시작했다. 웃음의 가치를 잘 아는 긍정의 사람들이 주변에 자석처럼 끌려 붙기 시작했다. 과학적으로 절대 증명할 수는 없지만 그 웃음의 무게가 커질수록 내 인생의 심각함이 조금씩 가벼워지는 것 같았다. 나는 진실로 이 천치 웃음의 효과를 톡톡히 본 사람이다. 남의 마음을 사려고 하는 웃음이 아니라 나를 즐겁게 하는 웃음과 늘 함께하고 싶다.

누가 내 생일에 가장 받고 싶은 선물이 뭐냐고 묻는다면 나는 당신의 '천치 웃음'이라고 고백할 것이다. 많이 웃으면 엔돌핀이 마구 생성되어 건강에도 좋다는데 돈 한 푼 안 드는 웃음을 마구마구 세상에 날리고 싶다.

6부. 삶을 풍성하게 하는 소소한 이야기들

용기 크리에이터

한때 나는 배우는 것에 관심이 없는 사람이라고 생각했다. 그런데 그건 정말 큰 착각이었다. 이해보다는 암기하도록 나를 억지로 밀어 넣었던 교육 환경에 대한 부작용이었다. 학교를 떠나 세상 밖으로 나와보니, 알고 싶은 것들이 정신 없이 생겨나기 시작했다. 정말 순수한 호기심과 성장하고 싶은 열정들이, 여기저기 배움의 터로 나를 이끌고 다녔다.

누군가 나의 장점 두 가지를 물어본다면 이렇게 이야기할 것이다.

첫째, 나의 부족함을 너무나 잘 안다. 둘째, 나보다 뭔가를 잘하는 사람이 있다면 가르침을 요청하는데 부끄러움이 없다. 그러다 보니 버는 것보다 배우는 일에 더 많은 비용을 지출하는 경우가 태반이지만, 금전이든 희생이든 비용을 충분히 지불한 배움은 늘 더 많은 것을 가져다주었다.

책을 마무리하는 과정에서, 나의 브랜드에 대해 많이 고민했다. 오지랖 넓은 성격 덕분에 정말 많은 일을 하며, 내 역사를 만들어왔다. 어찌 보면 아주 통통한 커리어 하나 없는 것처럼 보이기도 하지만, 다른 색안경을 끼고 보면 서로 관련 없을 것 같은 수십 개의 직업들이 서로 소통하며 나를 표출하고 있었다.

과연 나를 가장 잘 표현하는 것이 무엇일까 하는 끊임없는 질문에 답을 찾아 준 것은 바로 '꿈공방'이라는 온라인 교육 플랫폼에서 '브랜드 1도' 수업을 들으면서였다.

브랜딩 분야에서 잔뼈가 굵은 3명의 전문가와 5개월 동안 나의 독특한 색깔을 찾아내기 위해 정말 밤낮으로 치열하게 연구했던 시간이었다. 내가 가지고 있는 온갖 것을 다 끄집어냈다. 그중 정말 하고 싶은 보석 같은 일들을 찾아내는 작업은 절대 쉽지 않았다. 나를 연구한다는 것은 나의 좋은 점뿐만 아니라 나의 부족한 점 또는 생각하기조차 싫은 흑역사까지도 하나하나 끄집어내어야 하는 작업이었다.

화려한 겉모습은 물론, 절대 보이고 싶지 않은 속 모습까지 일일이 들추어내는 중에, 눈물과 웃음, 후회와 감동, 좌절과 희망의 온갖 감정이 터져 나왔다. 그리고 그 과정에서 나 스스로가 정리되고, 정화되는 시간을 보내면서 나는 또 한 번 성장했다. 가끔 나같이 살았던 사람을 한참 전에 알았더라면 나는 상처를 덜 받고, 더 많은 일을 하지 않았을까 상상해 보곤 한다.

용기 크리에이터Creator는 그렇게 탄생했다. 어딘가에서 자기 길을 찾기 위해 힘겹게 싸우고 있는 이들에게 잘하고 있으니 계속 나아가라는 메시지를 전달하고 싶은 것이 내가 하고 싶은 일이다. 작은 행복을 찾는 일에 용기를 내야 한다. 그것이 익숙해지면 조금 더 큰 행복 찾기는 이전보다 수월할 것이다. 용기를 내는 일도 습관처럼 익숙해지기 때문이다.

6부. 삶을 풍성하게 하는 소소한 이야기들

인생은 딱 간단하다. 매일 아침 눈 뜨면서 이 세상에 태어나고, 저녁에 눈 감는 순간 오늘이라는 시간과 작별하는 것이다. 매일 살고 매일 죽는 것이 삶이다.

이십여 년 전 어느 날 새벽 2시, 골프 황제 타이거 우즈의 자선 모금 행사를 마무리하고 집으로 가고 있었다. 하루 종일 행사 준비를 하고 장시간 일한 후라 운전하는데 자꾸 눈이 감겼다. 겨우겨우 달래고 노래 불러가며 잠을 쫓았지만 쉽지 않았다.

그때 눈앞에 고장 난 차 한 대가 고속도로 중간에 딱 버티고 있는 것을 발견했다. 그 차는 깜빡이도 켜지 않은 정말 가까이 가기 전까지는 보이지 않았다. 5초만 늦었더라도 나는 식물인간이거나 다른 세상 사람이 되었을 것이다.

시간이 한참 지났지만, 아직도 그때의 아찔한 순간이 문득문득 떠오른다. 그 이후로 나는 덤으로 사는 삶을 살고 있다. 예전에 끝났을 삶이었는데 엄마의 강한 기도의 힘 덕분에 운 좋게 기회를 한 번 더 얻은 느낌이다. 그 생각을 하면 나는 어떤 험난한 삶을 살더라도 감사하며 살아야 한다. 그런데 나도 인간인지라 그걸 자꾸 까먹고, 불평에 불평을 추가하며 살고 있다.

두려운 것은 끝이 없다. 운동하다가 다치면 어쩌지? 아프면 어쩌지? 이렇게 불평하며 살다가 인생 마무리하면 어쩌지? 노후 준비가 안 돼서 길거리에 나 앉으면 어쩌지? 영어도 한국말도 완벽하지 않은데 어디서 삶을 마무리해야 하지? 하고 싶은 일 있다고 마냥 벌리며 사는 것이 무책임한 일인가?

다음 단계의 성장을 위해 새로운 모험으로 나를 밀어 넣어야 하는 순간, 제일 처음 맞닿는 느낌은 끝이 보이지 않는 바닥으로 추락하는 두려움이다. 그리고 이어서 오는 멘탈 붕괴는 익숙한 것과 결별하고 생소한 것과 친분을 쌓아야 하는 귀찮음이다. 이런 경험은 쌓일수록 쉬워져야 하는데 나이가 들수록 더욱 꾀가 생긴다. 그래도 나를 다독거리는 말은, '할 수 있으니 내 인생에 나타난 거지, 한번 해 보자'이다.

우리는 죽을 때까지 거절당하고, 원하지 않는 일과 대면하고, 돈과 명예의 여부에 상관없이 완벽하게 행복한 삶만을 가질 수는 없다. 그렇다면 어쩌란 말인가? 이상한 일을 그대로 받아들이고 내 것으로 소화하는 마음 근육을 키워야 한다. 맨날 괴롭다. 그래도 그건 그대로 두고, 앞으로 계속 나아가야 한다.

나의 부족하고 바보 같고 여린 속마음을 모르는 사람에게 내보인다는 것이 마음 편한 일만은 아니다. 마치 곧 칼질이 난무할 도마 위에서 숨죽이고 있는 생선 같은 느낌이다. 하지만 그 어딘가에 나와 비슷한 누군가가 있고, 나의 경험을 참고하면서 그들은 나보다 더 현명하게 살기를 바라는 마음으로 꼭지 하나하나를 이어 나갔다.

책을 마무리하다 보니 이 글을 쓰면서 위로받고, 앞으로 살아갈 삶에 대한 영감을 더 얻은 것은 나 자신이었다. 책을 쓰는 과정에서 새로운 도전에 필요한 용기와 에너지를 얻게 되었다. 오십이 되는 해에 나는 또 다른 미친 도전을 한다. 주변에서는 너무 쿨하게 내린 결정이라고 얘기하지만, 내 개인 노트에 '두렵다! 두렵다! 두렵다'를 수천 번도 더 적어 본 후 내린 결정이었다.

처음 25년은 한국에서, 그다음 25년은 미국에서, 그리고 앞으로 25년은 또 다른 세상에서 새로운 삶을 살 계획을 한다. 또 하나의 언어를 추가하고, 병이라도 걸리면 어떡하나?

이렇게 살아도 되는 건가? 아는 사람 아무도 없는 낯선 곳으로 이동. 전생에 나는 무슨 팔자였을까? 뭐 땀시 좀 안정되려 하면 그새를 못 참고 또 일을 벌이는 것일까?

눈 크게 뜨고, 마음 화락 열어젖히고, 머리카락 휘날리면서 다시 냅다 뛰어볼까 한다. 내가 태어나고 자란 고향은 대한민국이지만, 내가 살아가는 홈그라운드는 바로 세상 구석구석 어느 곳이든 될 수 있다. 그게 바로 내가 이 세상을 살고 싶은 방식이고, 유니스다움이다.

나 혼자라면 이 책이 세상에 절대 나올 수 없었을 것이다. 유니스다움으로 성장할 수 있도록 나의 영혼줄을 끝까지 붙잡아 주신 많은 분들, 그중에서 특히나 인생의 영원한 응원자인 엄마와 Kathy Power, 그리고 Gloria Park 님께 감사를 드린다.

책을 시작하도록 씨앗을 함께 뿌려 주시고, 건강히 자라도록 영양분 듬뿍 퍼다 주신 글로비상의 이경희 대표님, 절대 포기 히지 않도록, 늘 정신적 지주가 되어 주신 조서환 회장님, 그리고 책이 활자로 제대로 찍혀 세상에 전달될 수 있도록 힘을 실어 주신 북마크 정기국 대표님께도 감사한 마음을 전합니다.

꿀등하다 버클리 간 글로벌 노마드

꼴등하다 버클리 간 글로벌 노마드

초판 1쇄 발행일 | 2024년 1월 19일

지은이 　| 유니스 배
펴낸곳 　| 북마크
펴낸이 　| 정기국
디자인 　| 서용석
관리 　| 안영미

주소 　| 서울시 성동구 마조로 22-2, 한양대동문회관 413호
전화 　| (02) 325 3691
팩스 　| (02) 6442 3690
등록 　| 제 303-2005-34호.(2005.8.30)

ISBN 　| 979-11-985296-4-0 (13810)
값 　| 16,000원